Margit Schreiner

Das menschliche Gleichgewicht

Roman

Schöffling & Co.

Erste Auflage 2015

Satz: Reinhard Amann, Memmingen
Druck & Bindung: Pustet, Regensburg
ISBN 978-3-89561-280-0

www.margitschreiner.com
www.schoeffling.de

Ich habe keinen Kontakt mehr zu Sarah, seit sie nach unserem gemeinsamen Inselaufenthalt im September 2013 über Nacht verschwunden ist. Ich weiß nicht einmal, ob sie nach Israel zurückgekehrt ist. Ich habe nur ihr Tagebuch, das sie zurückgelassen hat. Noch wage ich nicht, die letzten Eintragungen zu lesen.

Vor der Abreise

Wahrscheinlich ist der Mensch von Natur aus ungeeignet für die Natur. Findet er nämlich ungestörte Natur vor, ist ihm das Leben in der ungestörten Natur zu mühsam, also zerstört er sie, um sie zu verbessern. Hat er sie verbessert, also zerstört, sehnt er sich nach unzerstörter Natur. Das Gleiche gilt für unsere Gefühle. Wir sind unfähig, damit umzugehen. Passiert nichts, ist uns langweilig, passiert etwas, sind wir gleich überfordert. Nehmen wir zum Beispiel die über Sechzigjährigen.

Sie sind in der Regel froh, wenn die Kinder aus dem Haus sind, kein unangemeldeter Besuch erscheint und sie ihre Ruhe haben. Einerseits. Andererseits beklagen sie sich schnell über Langeweile. Sie wollen etwas erleben. Erleben sie etwas, ist es ihnen aber gleich zu anstrengend. Manche Sechzigjährige täuschen die unter Sechzigjährigen, indem sie mit einer Aktentasche unter dem Arm oder, wenn es sich um fortschrittliche und intelligente Sechzigjährige handelt, mit einem Rucksack auf dem Rücken durch die Stadt hetzen, was den Eindruck vermitteln soll, dass sie viel zu erledigen haben. Obwohl sie meistens nicht mehr arbeiten oder zumindest in Altersteilzeit gegangen sind, haben sie es ständig eilig und drängen sich grundsätzlich überall vor: beim Arzt, in der Straßenbahn, im Supermarkt. Sollen sie sich aber einmal an der Supermarktkasse beeilen, weil sich hinter ihnen bereits eine Schlange gebildet hat, ermahnen sie die hinter ihnen Wartenden zu mehr Gelassenheit im Alltag. Gelassenheit ist es aber gerade, was ihnen selbst am meisten fehlt. Sie jammern unentwegt über alles Mögliche: über Hüftgelenkschmerzen, Rückenschmerzen, Rheuma oder Gicht. Haben sie weder Kalkschultern, Arthritis, Arthrose, Arteriosklerose oder Osteoporose noch grauen oder grünen Star, so fürchten sie entweder ständig, dass sie kurz davor sind, daran zu erkranken, oder bereits längst unerkannt daran erkrankt sind. Den Arzt besuchen sie so oft wie möglich und begründen dies mit der Angst vor steigender Schlaganfall- und Herzinfarktgefahr aufgrund mannigfaltiger Verkalkungen und Verstopfungen. Wobei sie dem Arzt stets ankreiden, entweder eine falsche Diagnose zu erstellen oder ihren Zustand zu verharmlosen. Die Ärzte stöhnen, wenn die Sechzigjährigen ihre Wartezimmer verstopfen, weil sie an Blasenschwäche, Schwindel, Schwerhörigkeit leiden oder zu leiden glauben. Sind sie familiär vorbelastet, überhören sie geflissentlich die Warnung des Arztes, dass in nicht allzu weiter Ferne eventuell Alzheimer oder Parkinson droht. Sie ignorieren konsequent jedes Symptom. Sagt man ihnen, dass es schon nicht so schlimm werden wird, fühlen sie sich nicht ernst genommen, pflichtet man ihnen bei, fühlen sie sich bemitleidet. Man kann ihnen grundsätzlich nichts recht machen: Ein Besuch erfolgt nie zur rechten Zeit. Sie wollten gerade aufs Amt gehen, ein Mittagsschläfchen halten oder etwas Wichtiges erledigen. Besucht man sie nicht, beklagen sie sich über zunehmende Einsamkeit. Sie pochen immer darauf, respektiert zu werden, sie selbst respektieren aber niemanden. Und schon gar nicht Menschen mit Tattoos, Ringen in der Nase oder der Zunge und zerrissenen Jeans, Leute, die auf der Straße mit dem Handy telefonieren oder MP3-Stöpsel in den Ohren tragen sowie Punks mit großen Hunden. Sie wissen grundsätzlich immer alles besser, sind dabei aber ständig unzufrieden: Sie hassen den Lärm und fürchten die Stille.

Bruno und ich waren zwar auch über sechzig, fühlten uns aber noch immer relativ jung, dynamisch, neugierig, aufgeschlossen. Die Jugend war für uns keine Bedrohung, sondern eine Bereicherung, von der wir uns neue Impulse erhofften. Der Umgang mit Jüngeren hält uns selbst jünger und flexibler. Dennoch nahmen wir die Mitteilung unserer Kinder, dieses Jahr nicht auf die Insel mitzufahren, sondern eigene Ferienpläne zu verfolgen, insgeheim erleichtert auf. Keine Lärmbelästigungen durch laute Musik, keine Streitereien beim Kochen und vor allem Platz. Wir würden das kleinere der beiden Fischerhäuschen alleine beziehen. Ich würde allein im Geräteschuppen am Fenster mit Ausblick aufs Meer sitzen, täglich eine Stunde oder zwei Stunden in aller Stille konzentriert an meinem Roman schreiben und mich ansonsten erholen.

Wir fahren seit mittlerweile sechs Jahren jeden September mit unseren Freunden und unseren Kindern auf eine einsame Insel in Kroatien. Es gibt keine Autos auf unserer Insel, keine bewohnten Häuser, keine Bars oder lauten Cafés, keine Geschäfte, geschweige denn einen Supermarkt. Es gibt auch keinen Strom, kein Radio und keinen Fernseher. Nicht einmal fließendes Wasser. Die spärliche Beleuchtung nachts wird von einem Windrad erzeugt. Es gibt nur zwei nebeneinanderstehende ehemalige Fischerhäuser – eins für die befreundete Familie, eins für uns –, viel Meer, viele Felsen, Steine, wenig Bewuchs. In beiden Häusern zieht man in der Küche mit einem Eimer, der an einer Leine befestigt ist, Wasser aus den tief gelegenen Zisternen. Um unsere Häuser herum haben die Besitzer vor vielen Jahren einen Limetten- und einen Zitronenbaum, mehrere Rosmarinsträucher, einen Feigenbaum und zwei Palmen gepflanzt. Im September wuchert wilder Rucola hinter dem Haus. Wildkräuter wie Thymian, Majoran, Salbei etc. wachsen immer überall. Viel mehr Sinnesreize gibt es nicht. Die vorhandenen reichen völlig aus. Es gibt ja den sich immer verändernden Himmel, das immer im Wandel befindliche Meer, den Wind und sein Spiel. Vögel, Fische, Mäuse, Spinnen, Geckos, Schmetterlinge, Gottesanbeterinnen. Der nervlich zerrüttete Sechzigjährige findet hier in der technikfernen Abgeschiedenheit seine Ruhe.

Ruhe und Abgeschiedenheit haben natürlich ihren

Preis. Wir müssen sowohl Nahrung als auch Trinkwasser, Alkohol, Zigaretten, Zündhölzer, Abfallsäcke, Abwaschschwämmchen, Klopapier und so weiter zuerst beschaffen und dann auf die Insel mitnehmen. Und das alles für einen Monat Aufenthaltsdauer. Das kostet Jahr für Jahr mehr Kraft. Das meiste karren wir aus Österreich an. Bestimmte Grundnahrungsmittel sind in Österreich billiger. Vor allem guter Wein. Anfangs hatten wir nur ein paar Flaschen mit, inzwischen sind es um die siebzig. Und drei Paletten Bierdosen, fünf Stangen Zigaretten. Auch die Sportausrüstung wird jedes Jahr mehr. Auf dem Dach unseres Autos befestigte Bruno nach einem ausgeklügelten System in stundenlanger Arbeit nicht nur einen Dachkoffer, vollgestopft mit Neoprenanzügen, Taucherbrillen, Schnorcheln, Badeschuhen, Paddeln, Schwimmflossen, sondern auch einen neuen, zusätzlichen Thule-Koffer, in dem ein Zweier-Faltboot, aufgeteilt in drei Säcken, verstaut ist. Außerdem wie in den Vorjahren ein Schlauchboot, ein Surfbrett mit zwei Segeln unterschiedlicher Segelfläche und passenden Masten, fünf Schwimmschlangen und, ein Neuerwerb von vor zwei Jahren, drei Solarpaneele, die Strom für den Laptop, das Handy für den Notfall und seit Neuestem auch für einen Mixer, einen Pürierstab und Föhn liefern sollen. Denn die Einfachheit des Lebens auf der technikfreien Insel ist die eine Sache, Bequemlichkeit, sportliche Betätigung und zeitgemäße Arbeitsbedingungen die andere. Bruno hat beim mühsamen Beladen des Autos sogar davon gesprochen, nächstes Jahr eventuell einen Anhänger anzuschaffen. Alles ist von langer Hand vorbereitet. Die Logistik der Einkäufe für einen vierwöchigen Aufenthalt auf einer unbewohnten Insel, von der wir auch mit dem lediglich mit vier PS ausgestatteten klapprigen Holzboot, das am Steg für uns bereitliegt, nicht das Festland erreichen können, ist kompliziert. Wer kocht wann welche Speisen, wer kauft welche Nahrungsmittel ein, welches Gemüse, welches Obst ist haltbar? Ist genug Mehl und Hefe zum Brotbacken da? Welche Gewürze sind nötig? Wie viel Kaffee, wie viel Salz, wie viel Milch, wie viel Öl und Essig verbrauchen acht Personen in einem Monat? Es darf auch nichts Gefährliches passieren. Kein Hornissenstich, kein Beinbruch, kein Schlaganfall, kein Herzinfarkt. Die Insel ist felsig und steinig. Niemand darf auf den Hinterkopf fallen oder auf das Gesicht. Im Meer gibt es Seeigel, deren Stacheln bekanntlich umgehend gezogen werden müssen, wenn sie nicht wochenlang von selbst herauseitern sollen. Für fast alles, was sonst noch passieren kann, sind wir gerüstet: Tabletten gegen Kopfschmerzen und grippale Infekte, Salben gegen Hautaufschürfungen, Bindehautentzündungen, Rheumaanfälle, Breitbandantibiotika gegen Magen-Darm-Infektionen oder Lungenentzündungen. Alles schon da gewesen. Sind die anstrengenden Vorbereitungen, der Einkauf, das Bepacken des Autos, die nächtliche Anreise und die anschließende morgendliche Überfahrt mit einem schwer beladenen Fischerboot erst einmal geschafft und alle Vorräte in den beiden Häusern untergebracht, gibt es endlich keine Telefonanrufe, E-Mails, überraschende Besuche oder brandneue Tatorte im Fernsehen mehr. Paradiesische Bedingungen, sollte man meinen, um den Stress eines ganzen Jahres abzulegen, den ganzen Tag zu schwimmen, zu surfen oder zu paddeln und am Abend, zur weiteren Entspannung, gemeinsam zu kochen, zu essen, zu trinken und zu spielen. Und hin und wieder ganz entspannt ein paar Zeilen zu schreiben.

Ehrlicherweise muss ich aber zugeben, dass es mit dem entspannten Schreiben bisher noch nie so richtig geklappt hat. Was unter anderem an dem vielen Essen, dem vielen Alkohol und dem vielen Rauchen liegt. Übermäßiges Essen, Trinken und Rauchen erschöpfen. Und Ablenkungen gibt es überall. Kaum hatte ich in den vergangenen Jahren begonnen, ein paar Zeilen zu schreiben, kamen plötzlich entweder Delfine vorbeigeschwommen, oder ein Segelboot kreuzte in unserer Bucht auf, eine merkwürdige, gelb-schwarz gestreifte Spinne saß unter der Dusche im Freien, ein Gecko fiel von der Zimmerdecke aufs Bett – und schon war ich aus der Arbeit gerissen, die ganze Konzentration war beim Teufel, und ich spielte statt zu schreiben stundenlang mit den Kindern auf der Meeresterrasse Mensch ärgere Dich nicht.

Bruno sagt, der ältere Schriftsteller sei ganz offensichtlich leichter ablenkbar als der junge. Auch fauler. Denn während der junge Mensch sich ja erst beweisen müsse, habe der ältere Mensch sein Bestes bereits hinter sich. Er glaube vernünftigerweise nicht mehr jedes Mal, dass ausgerechnet sein neuestes Werk der Menschheit die Augen öffnen werde. Das Schreiben werde dadurch laut Bruno naturgemäß schwieriger, mühsamer, kraftraubender. Außer man sei der ausgeglichene Typ für ein reifes Alterswerk. Was ich mit Sicherheit nicht sei. Bis jetzt. Sagt Bruno.

Kurz vor unserem siebten Inselaufenthalt im September vorigen Jahres, ohne Kinder und aller Erwartung nach mit Bruno allein in einem eigenen Haus, war ich zuversichtlich wie noch nie, dass ich es diesmal schaffen würde: täglich zwei Seiten Text und quasi Rundumerneuerung, Kraft für den anstrengendsten Teil des Lebens, nämlich den über sechzig. Bruno war seit drei Monaten im Ruhestand, und ich erhoffte mir, dass er im Gegensatz zu den vergangenen Jahren nicht täglich vierzehn Stunden schlafen und ansonsten ausschließlich surfen, sondern auch ein wenig am geselligen Inselleben teilnehmen würde.

Aber oft platzt das gänzlich Unerwartete ja mitten in unsere schönsten Vorstellungen. In meinem Fall eines Arbeitsurlaubes ohne erzieherische Verpflichtungen, ohne räumliche Einschränkungen und ohne seelische Belastungen. Ausgerechnet am Tag vor unserer Abreise läutete es, und Sarah und ein Hund standen plötzlich vor unserer Tür. Ich hatte Sarah nicht mehr gesehen, seit sie mit ihrer Familie vor acht Jahren nach Israel ausgewandert war. Damals war sie zwölf Jahre alt gewesen.

Davor hatten wir alle in Berlin gelebt, und Sarah und unsere Kinder waren eng miteinander befreundet gewesen. Unser jüngster Sohn Paul hatte sogar mit Sarah zusammen denselben Kinderladen und Hort besucht. Jetzt musste sie zwanzig Jahre alt sein.

Ihre Augen waren es, an denen ich sie wiedererkannte, der klare, direkte Blick, den sie schon als Kind gehabt hatte. Die dichten schwarzen Haare, die damals glatt gewesen waren, waren jetzt zu Rastalocken aufgefilzt, was ihre immer schon markanten Gesichtszüge aber seltsamerweise noch stärker hervorhob. Die Haut schien sich fast zum Zerreißen um die Backenknochen zu spannen. Sie war noch größer und noch schlanker geworden. Mir kam es so vor, als hätte ich mich viel stärker verändert als sie. Als wäre ich geschrumpft. Ich fühlte mich alt und dick angesichts ihrer jugendlichen Makellosigkeit. Sarah ließ sich aber nichts anmerken, jedenfalls hatte ich nicht das Gefühl, dass sie mich nicht wiedererkannt hätte oder unsicher gewesen wäre, ob wirklich ich es war, die vor ihr stand. Hätte ja sein können. Der Zeitpunkt ihres Besuchs war äußerst ungünstig. Überall in unserer Wohnung lagen Kleider, Nahrungsmittel, Getränke, Verbandszeug, Küchengeräte, Handtücher, Koffer, Kisten und Taschen für den Inselaufenthalt. Spätestens um zehn Uhr des folgenden Tages mussten wir am Fischerhafen von Solinje sein, von dem aus uns die Vermieter der beiden Häuser wie jeden September seit sechs Jahren mit dem Fischerboot auf die Insel bringen würden. Die fünfstündige Überfahrt sollte wegen des da zu erwartenden ruhigeren Seegangs wie in den Jahren zuvor unbedingt vormittags stattfinden.

Hallo, sagte Sarah, als ob wir uns zuletzt erst gestern gesehen hätten, und deutete auf den Hund neben ihr: Das ist Habibi. Wir kommen gerade aus Israel. Können wir eine Weile bei euch bleiben?

Ich muss zugeben, im ersten Moment war ich konsterniert. Zuerst mehr als fünf Jahre lang kein Wort, dann plötzlich unangemeldet mit einem derartigen Ansinnen vor der Tür. Und: Was heißt schon eine Weile? Ein paar Tage, ein paar Wochen, Monate? Jeden anderen Menschen außer Sarah hätte ich sofort mit dem Hinweis auf den lange geplanten Urlaub weggeschickt oder zumindest auf unsere Rückkehr vertröstet. Aber bei ihr erschien mir das unmöglich. Sarah ist ein Mensch mit einem furchtbaren Schicksal. Ihre Eltern, Jakob und Marieluise, sind vor fünf Jahren in Israel ermordet worden. Ihr Halbbruder Daniel tot. So einen Menschen schickt man nicht weg. Ich hatte damals eine Woche nach dem Begräbnis schockiert in der Zeitung über den Mord gelesen und Sarah und ihrem leiblichen Bruder Noah sofort einen Brief geschrieben, den sie aber nie beantwortet hatten. Ich bat Sarah also erst einmal herein und rang um Fassung. Dann klärte ich sie über den Sachverhalt unserer unmittelbar bevorstehenden Abreise auf. Sie sehe ja selbst das Chaos in unserer Wohnung. Sie sah sich wie vor den Kopf gestoßen um. Sofort tat sie mir leid. Ich fühlte mich verantwortlich.

Verschiedene Möglichkeiten, die Verantwortung abzuschieben, gingen mir durch den Kopf: Sarah allein in unserer Wohnung zurückzulassen, sie unseren Kindern in deren Urlaub hinterherzuschicken, eine Freundin zu bitten, sich um sie zu kümmern. Alles feige Ausweichmanöver! Schließlich schlug ich Sarah trotz meiner Bedenken vor, wenn sie wolle, doch einfach auf die Insel mitzukommen. Und auch Habibi mitzunehmen.

Sarah schien erleichtert. Sie war sofort einverstanden. Eine einsame Insel, sagte sie, sei im Moment genau das Richtige für sie. Sie müsse dringend in Ruhe darüber nachdenken, wie ihr Leben nun weitergehen sollte. Ob sie sich bis zur Abreise noch ein wenig ausruhen dürfe, Habibi und sie seien gestern aus Israel nach Wien geflogen, dort den ganzen Tag unterwegs gewesen und die letzte Nacht mit dem Zug von Wien hierhergefahren. Ich führte sie in mein Arbeitszimmer, wo sie sich aufs Sofa legte und auf der Stelle einschlief. Habibi auch.

Ich hingegen war hellwach. Wie war das mit dem Arbeitsurlaub ohne Verantwortung, ohne räumliche Einschränkung und ohne seelische Belastungen? Wie geht man mit einer Zwanzigjährigen um, deren Eltern ermordet worden sind? Darf oder soll man darüber sprechen, oder brechen dann schreckliche Wunden auf? Wie hat sie all das verarbeitet? Hat sie es überhaupt verarbeitet? Kann man so etwas verarbeiten als junger Mensch? Wie sollen wir uns verhalten? Wir werden auf einer einsamen Insel sein, was, wenn sie plötzlich durchdreht? Könnte ja sein.

Andererseits war das Ganze immerhin fünf Jahre her. Ich rief Josefine an, der ich den Fall in aller Kürze schilderte. Josefine arbeitet als Psychologin in der forensischen Psychiatrie. Auch sie hatte Bedenken. Willi, sagte sie, sei total ausgebrannt und brauche dringend Erholung. Für ihre Tochter Maya mit ihren Panikattacken sei eine traumatisierte Jugendliche mit Sicherheit auch nicht gerade die beste Urlaubsgesellschaft, und sie selbst habe gehofft, sich auf der Insel endlich einmal ein paar Wochen ohne jeden forensischen, psychologischen oder psychiatrischen Fall erholen zu können. Ich fuhr zu ihr nach Hause. Nach einem zweistündigen Gespräch inmitten halb gepackter Koffer und Taschen war Josefine ebenfalls davon überzeugt, dass man einen so jungen Menschen mit einem so schweren Schicksal, der offenbar extra aus Israel angereist war, um in der alten Heimat wichtige Entscheidungen zu treffen, nicht einfach wegschicken oder auf ein andermal vertrösten könne. Ich bot an, Sarah während des Inselaufenthaltes in unser Haus aufzunehmen und, sollte es Schwierigkeiten geben, das Mädchen so gut es ginge von ihrer Familie abzuschotten.

Okay, sagte Josefine schließlich, wir nehmen sie mit. Wir werden das schon schaffen. Für den Notfall riet sie zu Temesta, Lexotanil und Rohypnol. Bruno fuhr sofort los, um bei einem befreundeten Arzt unbürokratisch die entsprechenden Rezepte und dann gleich die Medikamente zu besorgen.

Vier Stunden später brachen wir auf. Sarah und Habibi lagen auf dem Rücksitz unseres Autos auf verschiedenen Decken, Schlafsäcken, Handtüchern und schliefen, während Bruno und ich uns die ganze Fahrt über Sorgen machten. Bruno sorgte sich vor allem wegen des im Notfall von der Insel aus nicht erreichbaren Krankenhauses. Meine Sorge galt nicht nur Sarah, sondern auch mir selbst. Würde es mir gelingen, mich mit dem Wissen um Sarahs Geschichte überhaupt zu erholen? Würde ich auch nur eine einzige Zeile schreiben können? In deinem Alter fällst du schneller aus dem Literaturbetrieb, als du schauen kannst, warnte Bruno damals täglich.

Ich beschloss, mich so gut ich konnte abzugrenzen und mich wenigstens am Vormittag meiner Arbeit an dem anstehenden Romanprojekt zu widmen. Im Notfall waren ja zur Beruhigung immer noch die Lexotanil vorhanden.

Überfahrt und erste Tage auf der Insel

Wir trafen Josefine und Willi, ihre Tochter Maya, und Filippa, die Freundin ihres Sohnes Florian, der im letzten Moment keinen Urlaub bekommen hatte und zu Hause geblieben war, morgens vor der regulären Öffnungszeit in dem Hafencafé Boskin Skver im Zentrum von Solinje. Wir alle, mit Ausnahme von Sarah, sahen nach der langen Nachtfahrt irgendwie zerknittert aus. Nur Maya und Filippa waren gleich begeistert: Sarah aus Israel!

Wieso sprichst du so gut Deutsch? (Maya)

Was bedeutet Habibi auf Deutsch? (Filippa. Sarah: Liebling.)

Was machst du in Israel? (Filippa. Sarah: Ich studiere Zoologie.)

Ist das Zoologiestudium schwierig? (Maya)

Cool, die Rastalocken! (Filippa)

Als das Hafencafé längst geöffnet hatte und wir alle schon den zweiten Kaffee tranken und frische Croissants aßen, die Bruno von dem Bäcker gegenüber geholt hatte, gehörte Sarah bereits zu unserer Gruppe, als wären wir seit sechs Jahren eine eingeschworene Gemeinschaft.

Das Ausladen des Autos und das Einladen der schweren Koffer und Kisten ins Fischerboot, das uns auf die Insel bringen würde, dauerte wieder Stunden. Wie immer fragten wir uns, wie lange wir solche Anstrengungen noch aushalten würden. Zehn Jahre, fünf Jahre? Es war um acht Uhr morgens bereits sehr heiß. Wir schwitzten beim Beladen des Fischerbootes, das an der Mole sanft in der Dünung schaukelte. Manchmal wusste ich nicht, ob das Boot schwankte oder ich. Eine Palette Bier fiel ins Wasser und versank. Kresimir, unser Vermieter, kniete im Inneren des Bootes und verteilte sorgfältig die Ladung. Habibi, der sofort ins Boot gesprungen war, rührte sich nicht von seinem Platz vor Sarahs rotem Rucksack. Ab und zu bellte er. Wir tranken trotzdem vor dem Ablegen noch Kaffee in der nahe gelegenen Hafenbar. Willi und Bruno außerdem je ein Bier. Sarah schluckte eine kleine rosa Pille gegen Seekrankheit.

Die dreistündige Überfahrt auf unsere Insel führte uns auf genau einzuhaltenden Wasserwegen zwischen den der Stadt vorgelagerten kleinen Inseln und Untiefen hinaus aufs offene Meer. Angeblich sollen sich auf den Inseln schon während des Neolithikums Menschen aufgehalten haben. Nachweisbare Spuren gibt es allerdings erst seit den Illyrern und Griechen. Nicht nur während der Völkerwanderung dienten sie vielen Festlandbewohnern als Fluchtort und Versteck.

Wir saßen auf dem Deck des Bootes und schauten in die Sonne. Wahrscheinlich verwechselten die Möwen unsere Überfahrt mit der Fahrt eines Fischerbootes auf

Fang. Sie blieben in der Luft über uns stehen, starrten uns aus kleinen roten Augen an, ließen sich vom Wind zu uns herabgleiten und drehten knapp über unseren Köpfen seitlich ab. Habibi saß aufrecht am Bug, spitzte die Ohren und knurrte. In der Ferne tauchte allmählich die größte, langgestreckte Insel unseres Archipels verschwommen auf. Wir sahen am Horizont, dass die Erde wirklich rund ist. Die Zeit begann sich zu verändern. Sie würde sich ab jetzt verlangsamen, fast stehenbleiben und erst wieder Tempo aufnehmen, wenn wir die Insel nach einem Monat verließen.

Je näher wir zum Inselarchipel kamen, desto mehr entfaltete sich die Landschaft. Was vorher eine einzige diesige Fläche war, zerfiel in Einzelteile, die sich vor- und hintereinander schoben. Allmählich waren größere und kleinere Inselgruppen wahrzunehmen. Einzelne Inseln hoben sich voneinander ab. Dazwischen das Meer. Blitzblau, smaragdgrün, silbrig. Die neunundachtzig kleineren und größeren Inseln des Archipels sind die Gipfel eines im Meer versunkenen Gebirges. Die Römer und danach die Venezianer haben sie für den Schiffsbau abgeholzt. Bestehend aus porösem Kalkgestein, speichern sie jetzt kaum noch Regenwasser. Es gibt weder Quellen noch Wasserläufe. Überall Fels und etwas struppige Macchie. Der Himmel saugt vor uns, den Augenzeugen, das Meer und die Inseln auf. Die abgelegenen Inseln des Archipels, zum Horizont hin plötzlich zur Gänze zerstäubt, hinterlassen eine verblasste, schwache Kontur. Je näher die Inselausläufer auf uns zukommen und je mehr sich das Festland entfernt, desto deutlicher offenbaren sie ihre Sande und ihre Schotter. Dünenstreifen, Steinmosaike und Buchten, triefende Schotterbänke, bis zum Bersten erhitzte Kalkfelsen überblenden einander. Die Verkarstung schreitet seit Jahrtausenden fort, dauert unaufhaltsam an. Platten mit glattgeschliffenen Felsmassiven wechseln mit schroffen Steinblöcken, Schären und Klippen werden durch zerbröselnde Eingänge von Meeresgrotten und Schluchten gegliedert, sanfte Hügelrücken täuschen über die messerscharfen Felszähne hinweg, die sich mit spärlicher Vegetation tarnen. Meer, Gewächs, Stein und Licht gewinnen, je näher wir an unser Ziel gelangen, an Präsenz, Küstenstreifen bilden Reliefs, hin und wieder zeugen Steinmauern von über Generationen hin andauerndem menschlichen Eingriff. Meerbusen und ausgetrocknete Fjorde lassen die Schatten den Tag über pulsieren, auf Hochflächen kauen Schafe das dürre Gestrüpp, das nur morgens durch den Tau genetzt wird. Unwegsame Schluchten alternieren mit Grotten, die nur Tauchern zugänglich sind. Ebbe und Flut waschen die Platten an der Wasseroberfläche rein und fügen dem Stein Verwundungen zu.

Das wellenschlagende Fischerboot pflügt durch das Meer. Das Weiße und das Grüne wechseln mit dem Blauen und Grauen, das Echo erwidert spottend den tuckernden Dieselmotor. Die Schatten lassen die einzelnen Inselchen je nach Lichteinfall wachsen oder in sich zusammensinken, jeder spärliche Rest von Humus und Erde wird ausgewässert. Die Inseln treiben je nach Kurs auseinander oder zusammen, ganz wie es Kresimir an seinem Steuerrad beliebt.

Vom Meer aus gesehen kleben die beiden ehemaligen Fischerhäuschen, die wir seit sechs Jahren im September mieten, an einem auslaufenden Inselrücken. Darüber ragt ein felsiger Hügel mit stacheligen Gewächsen auf. Die vor Langem gepflanzten und bewässerten Palmen, Zitronen- und Feigenbäume und die violett blühenden Rosmarinsträucher zwischen Häusern und Meer verwandeln unsere Bucht in eine üppige subtropische Miniaturlandschaft.

Wir sind angekommen.

Bruno und ich werden wie jedes Jahr, früher mit unseren Kindern, diesmal mit Sarah, das kleinere, ältere der beiden Häuser bewohnen, die befreundete Familie das durch eine Steinmauer abgetrennte Haupthaus. Die Häuser sind an der Vorderseite durch einen schmalen Weg entlang von Rosmarinsträuchern miteinander verbunden. Beide Häuser liegen nur wenige Meter über dem Meer. Der Vorteil des Haupthauses ist eine dem Meer zugewandte Sonnenterrasse und das mit Propangas betriebene Backrohr in der Küche. Beides ist zugleich auch sein Nachteil, wenn man sich zurückziehen will. Naturgemäß spielt sich in der größeren Küche des Haupthauses die Essenszubereitung ab, und zum Sundowner versammelt sich alles auf der Sonnenterrasse. Josefine und Willi macht das nichts aus. Josefine sagt, das liege daran, dass sie zu Hause auf dem Land leben. Da seien sie zurückgezogen genug. Außerdem könne ja jeder in sein Zimmer gehen, wenn er wirklich einmal allein sein wolle. Was sie aber anscheinend nie wollen. Sie sind eigentlich immer zusammen. Meistens halten sie einander an der Hand wie frisch Verliebte. Dabei sind die beiden seit vierzig Jahren verheiratet. Josefine war damals achtzehn Jahre alt, Willi fünfundzwanzig.

Beide Häuser haben auf der dem Meer abgewandten Ostseite eine geschützte, schattige Terrasse unter einer Weinpergola. Dort sitzen an den weiß getünchten Hausmauern nachts reglos die Geckos, um plötzlich loszusprinten und Mücken und kleine Fliegen zu fangen, die von dem fahlen Licht über der Eingangstür angezogen werden. Die vorderen Fenster der Häuser öffnen den Blick übers Meer bis zu dem Inselarchipel im Süden, ungefähr drei Seemeilen entfernt.

Sarah war begeistert von der Insel, den einfachen Fischerhäusern, den verschiedenen Terrassen, umgeben vom Geruch wilder Kräuter, der überall in der Luft lag, und dem kobaltblauen Meer. Sie konnte wie früher unsere Kinder in dem kleinen Geräteschuppen neben unserem Haus schlafen, in den wir eines der Klappbetten stellten, die im Schlafzimmer für Familien mit Kindern bereitstanden. Die Geräte aus dem Schuppen landeten in einem Verschlag oberhalb des Hauses. Gleich nach unserer Ankunft hatte Sarah ein dünnbeiniges Ablagetischchen und einen Sessel vor das winzige meerseitige Fenster gestellt und ein buntes Tuch über das Bett gebreitet. Es sah richtig gemütlich aus in ihrer Schlafkoje. Das Problem war nur, dass ich eigentlich damit gerechnet hatte, erstmals selbst in dem Geräteschuppen an dem dünnbeinigen Ablagetischchen vor dem meerseitigen Fenster zu sitzen und zu schreiben. So landete mein eigener Arbeitstisch also wieder wie die Jahre zuvor vor dem Fenster im engen Schlafzimmer, in dem für das Tischchen nur Platz war, wenn ich auf dem Bett sitzend ohne Rückenlehne schrieb.

Da die Jugendlichen sich angeblich den Anblick ersparen wollten, wie Josefine und ich nackt am Pier lagen, hatten sie sich tagsüber von Anfang an auf die hinter Macchie versteckten Kalkfelsenplateaus am Meer gelegt. Manchmal hörten wir sie dort lange kichern und lachen, manchmal, wenn sie, immer mit Bikini oder Badeanzug bekleidet, mit ihren bunten Schwimmschlangen ins Meer sprangen, hörten wir sie kreischen und manchmal auch stampfende Rhythmen, wie ich sie daheim nur von türkischen Jugendlichen kannte, die, die Fenster weit heruntergekurbelt, in Autos saßen und ihre Lautsprecher offenbar bis zum Anschlag aufgedreht hatten. Habibi bellte dann stets. Wenigstens, dachte ich, bin ich diesmal nicht verantwortlich. Ab und zu tauchte eines von den Mädchen auf, um Nachschub an Bier, Drinks und Snacks zu holen. Auch wir bereiteten uns orangefarbene oder blutrote Drinks zu, die wir an den Pier schleppten und dort zu Erdnüssen, Pinienkernen oder Chips tranken.

Gleich am ersten Tag auf der Insel, als ich draußen im Meer schwamm, sah ich Sarah auf einem weißen Felsen auf dem Bauch liegen. Habibi lag neben ihr und hatte seine Schnauze auf ihren Rücken gelegt. Ihr Rücken bebte. Gleichzeitig hörte ich Laute wie von einem verletzten Tier. Ich schwamm sofort zurück ans Ufer und wollte zu ihr auf den Felsen gehen, als die beiden anderen Mädchen mich zurückhielten. Lass sie, sagten sie, sie trauert um ihren Bruder.

Einerseits wirkt das Meer von der Insel aus betrachtet monoton, andererseits verändert es sich allein schon durch den Sonnenstand und Windeinfluss unentwegt. An einem Tag ist das Meer spiegelglatt, am nächsten plötzlich aufgewühlt oder auch silbrig, später wieder kobaltblau, dunkelblau, schwarz, violettblau, taubenblau, grau oder golden.

Aber die Verblüffung stellte sich auch diesmal immer wieder von Neuem ein, wenn das Meer sich in seinen verschiedenen Farben und Formen zeigte. Schaut, sagte Willi jeden Tag, das Meer ist morgens spiegelglatt. Ihr solltet früher aufstehen. Oder Josefine sagte: So rot war der Sonnenuntergang über dem Meer noch nie, und fotografierte ihn. Ich konnte mir nicht vorstellen, dass sie die vielen Fotos von Sonnenuntergängen dann, bei sich zu Hause auf dem Land, wirklich ansah. Den Sonnenaufgang sahen wir, mit Ausnahme von Willi, meistens nicht, weil wir noch schliefen. Das lag daran, dass wir nachts lange aufblieben und redeten und tranken und spielten. Die Sonne im September geht jeden Tag merklich etwas früher unter. Wir mussten nicht auf die Uhr schauen, um zu wissen, wann es so weit sein würde. Kurz vorher fuhren wir mit dem Motorboot los. Bruno war der Einzige, der es bedienen konnte. Manchmal tuckerten wir die Küste in östlicher Richtung parallel zum Ufer entlang, manchmal in westlicher, manchmal zu den Bergen nach Süden. Sarah saß nicht gerne im Motorboot. An manchen Tagen fuhr sie gar nicht mit. Auf dem Motorboot, sagte sie, falle sie in Trance. Das liege an einem lang zurückliegenden Schiffsunfall, den sie als Kind erlebt habe. Ihre Eltern, Ruben, Noah und sie seien mit einem Segelschiff im Sturm auf Felsen aufgelaufen.

Es war sieben Uhr abends. Das Meer wurde dort, wo die bereits tief stehende Sonne mit langen flachen Strahlen hinfiel, hellblau und auf der Seite, die schon im Schatten der Berge lag, dunkelblau bis schwarz. Im Hellblau sammelten sich die Flüchtigkeit und Leichtigkeit, am Rande des Dunkelblaus begann sich das Meer violett zu färben. Genau auf der Linie zwischen Hell und Dunkel tauchten die Delfine auf. Sie waren zu viert. Paarweise sprangen sie in unmittelbarer Nähe unseres Bootes parallel aus dem Wasser und tauchten alle gleichzeitig wieder ins Meer. Bruno stellte den Motor des Bootes ab. Die Oberfläche des Meeres war bald wieder spiegelglatt. Irgendwo da draußen mussten sie schwimmen. Wir hörten ihr Pfeifen manchmal näher, dann wieder weiter weg. Sarah wachte aus ihrer Trance auf. Sie unterhalten sich, flüsterte sie, jeder von ihnen hat einen ganz speziellen Pfeifton. Daran erkennen sie einander. Wenn man ihre Pfeiftöne genau studiert, kann man sie bei ihrem Namen rufen. Die Delfine sprangen wieder. Einmal in hundert Meter Entfernung, dann wieder plötzlich direkt vor unserem Boot. Sarah und ich saßen dicht nebeneinander vorne am Bug des Bootes und sahen ihnen zu, wie sie federleicht aus dem Meer auftauchten und wieder versanken. Alles geschah lautlos, abgesehen von dem Prusten, wenn sie verbrauchte Luft aus den Nasenlöchern stießen.

Ganz unvermittelt kam Sarah auf ihren Bruder zu sprechen. Noah habe einen genauen Plan gehabt, sagte sie. Noch dreiunddreißig Tage, habe er auf Facebook geschrieben. Auf die Frage, was er damit meinte, habe er geantwortet, in dreiunddreißig Tagen käme ein Asteroid in einer Entfernung von nur ungefähr dreißigtausend Kilometern an der Erde vorbei. Seit Beginn der regelmäßigen Himmelsbeobachtung sei noch nie ein Objekt dieser Größe der Erde so nahe gekommen. Er werde, habe er gesagt, mit seinem Freund, der Astronomie studiere, ins Florence and Georges Wise Observatorium in der Nähe von Tel Aviv fahren, um den Asteroiden zu beobachten. Noah sei dann tatsächlich dreiunddreißig Tage später mit seinem Freund in die Wüste Negev gereist und habe den Asteroiden beobachtet. Anschließend, mitten in der Nacht, niemand habe genau gewusst, wann und wie er das unbeobachtet geschafft habe, sei er auf die höchste Kuppel des Observatoriums geklettert und runtergesprungen.

Vom Selbstmord Noahs hatte ich bisher nichts gewusst. Das gibt's nicht, dachte ich, das darf einfach nicht wahr sein. Noah und Sarah, die Unzertrennlichen. Noah, der Kleine, der Begabte, das Genie. Noah, Sarahs einziger leiblicher Bruder. Was muss dieses Mädchen noch alles verkraften? Erst nach einer Weile fragte ich Sarah, wann genau Noah sich umgebracht habe.

Vor sieben Monaten, antwortete sie. Sie sei damals in Berlin gewesen. Probehalber. Noah und sie hätten beschlossen gehabt, nach seinem Abitur nach Berlin zu ziehen. Ihr Bruder habe auf keinen Fall drei Jahre Militärdienst leisten wollen. Sie werde vorläufig nicht mehr nach Israel zurückkehren. Nach Berlin wolle sie aber seit Noahs Tod auch nicht mehr zurück. Ich fragte nichts mehr. Bruno, der hinten am Steuer saß, hatte nichts mitbekommen.

Wir saßen auf dem Boot mit abgeschaltetem Motor und starrten auf die Delfine, die ihren Reigen tanzten. Das Meer war auf einer Bootsseite immer noch so hell, dass es fast durchsichtig wurde, mit einem dunstigen Stich ins Silbrige, in der Gegenrichtung war es schon dunkel. Da ging auch schon die Sonne hinter den Inselbergen unter. Zuerst war noch der runde goldene Ball sichtbar, dann nur noch seine Hälfte, ein kleines Stück, eine winzige Sonnenspitze, und weg war der glühende

Ball. Erst danach begann sich ganz langsam der Küstenstreifen des Archipels zwischen Westen und Norden ins Rötliche zu verfärben. Es gibt viele Rottöne. Sie beginnen mit Rosa, Lachsrot, Orangerot, gehen über in Scharlachrot, Zinnoberrot, Blutrot, Feuerrot, Purpurrot, Karminrot, Rubinrot. Erst am Ende der Farbenskala flammt ein Dunkelrot, ein Rotviolett und schließlich ein Schwarzrot auf, ein Untergangsrot, ein Endrot, ein Rot-ist-rot-ist-rot-Rot.

Wir saßen noch eine Weile mit abgeschaltetem Motor im Boot, Sarah hatte sich zu Habibi hinuntergebeugt, umarmte seinen Kopf und küsste ihn auf die Schnauze. Dabei schaute sie mich von unten her an und lächelte.

Plötzlich fiel mir die frappierende Ähnlichkeit zwischen Miceiah und Habibi auf. Sie tat mir körperlich weh. Stach im Kopf und brannte im Magen. Alles war so lange her. Miceiah war Jakobs Hund gewesen, lange bevor Sarah geboren war. Ihre Eltern hatten ihn von ihrer ersten gemeinsamen Reise nach Marokko mitgenommen. Er war so dünn und wendig wie Habibi gewesen und hatte ebenfalls Schlappohren gehabt, einen im Verhältnis zum fast zerbrechlich zarten Körper großen Kopf, schmal, aber ausdrucksstark mit einem verwegenen braunen Fleck über dem rechten Auge. Und dieses ansonsten sandfarbene Fell. Wenn er mit Miceiah gespielt hatte, hatte ich Jakob, mit dem mich durchaus widersprüchliche Gefühle verbunden hatten, am liebsten gehabt. Er war dann ganz entspannt, ganz jung, ganz vital gewesen. Eines Winters aber hatte er Miceiah am Hafen von Hamburg ausgesetzt. Ich war damals ganz entsetzt gewesen.

Warum um Gottes willen hast du ihn ausgesetzt?, hatte ich Jakob gefragt.

Marieluise ist schwanger, hatte er geantwortet.

Na und?

Miceiah schleckt alles ab, was er findet, das Baby könnte krank werden.

Okay, aber warum denn aussetzen, dann hättest du ihn doch besser einschläfern lassen sollen.

Uns Juden, hatte Jakob da gesagt, ist es verboten, Lebewesen zu töten.

Da sagte ich nichts mehr. Jakobs Großeltern waren in den Konzentrationslagern der Nazis ermordet worden.

Vierter und fünfter Tag auf der Insel

Ich habe es durchgemacht: Wenn du deine Mitte verlierst, sagte Sarah mittags in der ihr eigenen, mir mittlerweile schon vertrauten Sprunghaftigkeit auf der Terrasse über dem Meer, während die anderen im Meer badeten und surften und paddelten und tauchten, dann schwankt die ganze Welt. Da ist mit einem Schlag nichts mehr auf seinem Platz. Alle deine Aktionen nach diesem Verlust dienen dem verzweifelten Versuch, eine innere Ordnung, von der du hoffst, dass sie intakt geblieben ist, der äußeren, die zusammengebrochen ist, entgegenzustellen. Nur dass du dann merkst, dass es die innere Ordnung gar nicht geben kann, wenn die äußere Ordnung sich dir entzieht. Das willst du nicht wahrhaben, sagte Sarah und rückte ihren Sessel in den Schatten, das darfst du nicht wahrnehmen. Sonst wirst du verrückt. Also tust du die verrücktesten Dinge: Gehst eine Weile nur rückwärts, vermeidest in deinen Sätzen Bindewörter oder isst Erde. Deine Umgebung wird zu einem Labyrinth, so dass du Wege markieren musst, um je wieder hinauszufinden. Du verrenkst und verdrehst dich, um für andere unsichtbare Hindernisse zu überwinden, wirst zum Hindernisläufer, zum Seiltänzer, zum Schauspieler, zum Jongleur. Wenn du dann die

Balance wiedergefunden hast, kannst du dir aber nicht mehr vorstellen, wieso du ausgerechnet Zirkusclown werden wolltest oder Wirtschaftsmathematikerin. Aber du weißt, diese Wünsche sind offenbar in dir.

Wir kochten an diesem Nachmittag Salbeitee, nachdem wir in der Früh mit Habibi auf die Felsen geklettert waren bis zum Sattel unseres von Salbeigeruch eingehüllten Haushügels. Wir hatten die Blätter gesammelt, um den Geruch mitzunehmen in unser Haus. Salbeiblätter kann man auch frittieren und wie Chips essen, aber wir hatten Lust auf heißen Tee. Meine Vorstellung von Salbeitee ist verbunden mit Kinderkrankheiten, mit Spülen einer wunden Gurgel, gebeugt über weiße Keramikbecken. Mit einer Lesung, vor der ich nach langer Erkältung plötzlich die Stimme verlor und kein Wort mehr sagen konnte, nicht einmal krächzen. Auf Anraten Brunos bereitete ich auch damals Salbeitee zu, fügte drei Esslöffel Honig hinzu, frischen Rosmarin und acht zerdrückte Knoblauchzehen. Damit spülte ich und konnte nachher wieder sprechen. Die Menschen, die nach der Lesung ein Autogramm wollten, hielten einfach größeren Abstand. Auch Sarah wird Krankheiten mit Salbeitee assoziieren, wenn auch vielleicht nicht mit weißen Keramikbecken oder dem ekelhaften Geschmack süßen Knoblauchs.

Unten vom Meer kam Prusten und Lachen. Maya, die scheue Tochter von Josefine und Willi, versuchte zum ersten Mal zu surfen und fiel immer wieder ins Wasser. Bruno saß zur Sicherheit im treibenden Boot in ihrer Nähe und startete fallweise den Motor, um sie zu umkreisen. Filippa saß am Steg, schaute zu und trank Bier. Willi tauchte mit Brille und Schnorchel, und Josefine lag im Schatten in der Hängematte, die sie zwischen einem hohen Rosmarinstrauch und einer Palme mit Blick aufs Meer befestigt hatte.

Ein Fisch müsste man sein, sagte Sarah, und eine Schwimmblase haben, dann würde man auch unter Wasser niemals die Balance verlieren, auch wenn man durch andere Welten schwebt, wo die Luft grün und flüssig ist und tiefer unten dunkelblau und dann schwarz, so dass der Himmel unter einem ist und die Erde oben beginnt.

Als Noah von der Kuppel des Observatoriums gesprungen ist, glaubst du, er hat die Erde da für den Himmel gehalten und den Himmel für eine feindliche Erde, von der er sich abgestoßen hat mit den Füßen? Oder wollte er fliegen?

Ich glaube nicht, dass er fliegen wollte, sagte ich.

Ich glaube es auch nicht, sagte Sarah. Er wollte es wahrscheinlich einfach zu Ende bringen.

Komm, sagte Sarah, wir holen uns ein Bier, ich kann den Salbeitee nicht mehr riechen.

Unten am Meer tranken wir Bier, auf dem Steg nebeneinandersitzend, Sarahs Kopf an meiner Schulter – wie damals als Kind, wenn sie mir ein Geheimnis erzählt hatte, das ihre Eltern auf keinen Fall erfahren durften –, während die Luft über dem Meer vibrierte und die

Stimmen vom Strand her zerflossen und sich zusammenfügten und wieder zerflossen.

Auf den Wellen in unserer Bucht schaukelten sanft Kormorane, so, als träumten sie, um plötzlich zu verschwinden, indem sie kopfüber ins Meer tauchten, und etliche Steinwürfe weit entfernt wieder aufzutauchen, um weiter vor sich hin zu träumen.

Sarah sprang auf, um ihren Fotoapparat zu holen, ich blieb sitzen in Gedanken an Marieluise und Jakob, Sarah und Noah.

Mir war Sarahs Mutter, Marieluise, anfangs zu bürgerlich gewesen. Sie kam aus Hamburg und studierte ein Auslandssemester bei uns in Salzburg Musikgeschichte. Wir alle waren damals Linke. Aber während uns politische Aktivitäten und die Musik von Status Quo durchaus miteinander vereinbar vorkamen, war Marieluise strikt gegen jede studentische Dekadenz. Sie stammte aus einer angesehenen Arztfamilie in Koblenz. Ihre Familie nannte sie Mauz. Wenn sie in unserer Wohngemeinschaft in Salzburg zu Besuch war, ekelte sie sich. Ich würde lieber in einer Bananenkiste wohnen als in eurer Wohngemeinschaft, hat sie einmal gesagt und wahrscheinlich das Chaos gemeint, die Lieblosigkeit der Einrichtung, den Dreck und die riesigen Schüsseln, aus denen wir reihum unser Müsli aßen. Marieluise trug Markenkleidung und Schuhe mit hohen Absätzen. Wann immer es möglich war, ging sie abends ins Konzert oder traf sich mit linken Intellektuellen, während wir in der verschmuddelten Küche unserer Wohngemeinschaft saßen und Cannabis rauchten. Trotzdem blieben wir in Verbindung.

In Hamburg teilte sie eine 120-Quadratmeter-Wohnung mit einer Psychologin, die sich ein Kind ohne Mann wünschte. Soviel ich wusste, war Marieluise zu jener Zeit mit einem Musikwissenschaftsprofessor der Uni Hamburg zusammen. Sie sprach nicht gerne über ihr Liebesleben.

Später, als ich die Wohngemeinschaft mit ihrem Chaos, der lieblosen Einrichtung, dem Dreck und den Gemeinschaftsschüsseln mit Müsli längst verlassen und in einer dreizehn Quadratmeter großen Garconniere zu schreiben begonnen hatte, sagte sie oft zu mir, dass sie mich beneide. Die Musikwissenschaft sei eben nicht wirklich kreativ im Vergleich zur Arbeit eines Autors.

Marieluise liebte schöne Dinge, und ich erinnere mich, dass in ihrer Wohnung in Hamburg eine Biedermeieröllampe stand, die, wenn sie brannte, ein seltsam mystisches hellblaues Licht verbreitete. Als die Psychologin tatsächlich ein Kind bekam, das sie allein aufziehen wollte, zog Marieluise aus der gemeinsamen Wohnung aus. Mit einem Baby in der Wohnung, sagte sie, könne kein Mensch wirklich arbeiten.

Und wieder viel später, nachdem wir beide unabhängig voneinander nach Berlin gezogen waren und Marieluise längst Jakob kennengelernt hatte, wäre ich fast bei Sarahs Geburt dabei gewesen. Ich war zu Besuch in Marieluises und Jakobs wunderschöner Wohnung in

Friedrichshain – Fenster bis zum Boden, Dachterrasse mit Blick über Berlin –, als die Wehen einsetzten.

Marieluise bat mich zu bleiben. Sie wollte zu Hause gebären. Damals lernte ich Jakobs Söhne aus erster Ehe kennen. Ich weiß noch, Jakob ließ sie antreten wie die Orgelpfeifen, der Größe nach: Ruben, Ariel und Daniel, in absteigender Linie. Sie alle trugen Bluejeans und blütenweiße Hemden. Ich wunderte mich über ihre Disziplin. Sie schienen auf Zehenspitzen durch die Wohnung zu schleichen und halfen Marieluise, die trotz stärker werdender Wehen für uns alle Spaghetti kochte (zur Ablenkung, sagte sie). Nach dem Essen sahen sie sich mit uns einen Film mit Hans Moser an. Marieluises Wehen wurden stärker. Von Zeit zu Zeit zog sie sich in ihr Schlafzimmer zurück, wo sie bei abgedunkeltem Fenster und einer CD mit dem Gemurmel des Dalai Lama meditierte. Dann sahen wir noch einen Film. Daniel massierte Marieluise dabei den Nacken. Ihre Wehen wurden noch stärker. Zwischendurch war immer wieder die Hebamme angerufen worden, die jedoch nach Schilderung der Zeitabstände zwischen den Wehen davon sprach, dass es noch längst nicht so weit sei. Irgendwann in den frühen Morgenstunden fuhr Jakob mit Marieluise ins Krankenhaus, wo sie am Nachmittag Sarah gebar. Da war ich schon längst wieder in unserer Wohnung um die Ecke vom Savignyplatz.

Die Wirklichkeit besteht aus Träumen, sagte Sarah, nachdem sie die Kormorane fotografiert hatte und auf den Steg zu mir zurückgekehrt war, wer nicht an seine Träume glaubt, rennt gegen den nächsten Baum, wer sich nichts wünscht, bekommt nichts. Das Problem von Noah war nicht, dass er geträumt hat, sein Problem war, dass er nach dem Tod unserer Eltern seinem Traum nicht mehr glauben konnte.

Wir ließen die Beine ins Wasser baumeln. Kleine, silbern glitzernde Fische knabberten an unseren Zehen.

Es ist doch seltsam, sagte Sarah, dass er sich vier Monate nach dem Bagrut umgebracht hat. Ich meine, wenn er sich umbringen will, wozu dann vorher das Abitur machen?

Wahrscheinlich, sagte ich, wollte er sich vorher noch nicht umbringen.

Eben, sagte Sarah, genau das meine ich: Er hat sich seinen Traum nicht zugetraut.

Und was war sein Traum?, fragte ich.

Noah wollte nach dem Abitur Astronomie studieren, sagte Sarah und verjagte mit einer schnellen Bewegung ihrer Beine den Schwarm winziger Fische. Er hat, seit ich denken kann, die Sterne beobachtet. Sterngucker, so hatten sie ihn schon in der Grundschule genannt. Sein Traum war, später im Palomar-Observatorium in den USA mitzuarbeiten. Aber in letzter Zeit hatte er immer öfter davon gesprochen, dass es schwer sei, sich auf ein ganzes Weltall einzulassen mit seinen unendlich vielen Galaxien, wenn man schon den Tod dreier Menschen auf der Erde nicht zu verstehen vermochte.

War Noah in Therapie?, fragte ich.

Klar, sagte Sarah, wir waren alle in Therapie. Und wir alle haben bald geahnt, dass wir diesen Tod niemals verarbeiten können, dass wir mit ihm leben müssen. Nein, sagte Sarah, ob er ihn verkraftet hat oder nicht, hat keine Bedeutung, dass er nicht an sich geglaubt hat, war von Bedeutung. Weil ihm sein Traum alles bedeutet hat, er aber nicht mehr an ihn glauben konnte, musste er ihn retten, indem er sich selbst vernichtete.

Der Fischschwarm kam zurück, und einzelne kleine Fische nagten wieder an unseren Zehen. Sarah zog die Beine ein, nahm ein Buch – *Das Geheimnis der Symmetrie* – zur Hand und begann zu lesen.

Wusstest du, sagte sie, nachdem sie eine Weile in dem Buch über die Symmetrie gelesen hatte, dass Delfine schlafen, indem sie eine Gehirnhälfte einschlafen lassen und mit der anderen wach bleiben?

Nein, sagte ich.

Ja, sagte sie, und außerdem bleibt ein Auge immer offen.

Sie schwimmen auch nicht den Schiffen nach, weil sie Abfälle fressen wollen, sagte sie und schaute, mit der Hand die Sonne abschirmend, aufs Meer, sie wollen auf den Wellen reiten.

Willst du wissen, fragte sie, was mein Traum ist?

Ja, sagte ich.

Ich möchte nach meinem Zoologie-Studium Ornithologin werden und später im Hulatal eine Kranichstation aufbauen.

Sollte ich je aufhören, in der Forensik zu arbeiten, sagte Josefine, die gerade mit Willi an der einen und einem Aperol Spritz in der anderen Hand vorbeikam und die, seit ich sie kenne, mit der Forensik hadert, helfe ich dir mit der Kranichstation. Super, sagte Sarah.

Sarah war das anmutigste Kind gewesen, das ich je gesehen hatte: sehr groß, sehr dünn, lange Beine, eine relativ blasse Haut, dichte schwarze Haare und große dunkelbraune Augen. Alles an ihr war schon als Kleinkind makellos, die Haut, die langen schwarzen Wimpern, die Lippen. Das Schönste aber waren ihre Bewegungen. Ein wenig verzögert, als überlegte sie stets, ob die jeweilige Bewegung auch wirklich nötig sei. Führte sie diese aber aus, war in ihr etwas Entschiedenes, Zielgerichtetes und Vollendetes. Ich habe sie nie wie andere Kinder poltern oder trampeln oder stolpern gesehen. Wenn man ihr Eitelkeit unterstellt hätte, hätte man sagen können, sie stolzierte durch die Kinderzimmer. Aber sie war nicht eitel. Sie bewegte sich, als gäbe es in ihr ein Kraftzentrum, aus dem heraus alle Bewegungen mühelos ihrem einzig logischen Ablauf folgten. Und dieser Ablauf war nun gestört. Oft sackten ihre Gesten mitten in der Bewegung in sich zusammen, sie lief los und blieb abrupt stehen, breitete die Arme in der Sonne aus und ließ sie kraftlos sinken.

Nachts lagen Sarah und ich auf der Mole und schauten in den Himmel. Weil nirgendwo störendes Licht brannte, sahen wir alle Sterne. Die Milchstraße war so deutlich und nah wie sonst nie. Wenn wir lange genug auf dem Rücken liegend in den Himmel gestarrt hatten, kam es uns so vor, als zöge ein Sog uns von der Mole weg, über das Land, über die Erde hinauf in die funkelnde und blinkende Unendlichkeit.

Noahs Abschieds-SMS hatte Sarah erst am nächsten Morgen gelesen: »Leb wohl, du wirst es auch ohne mich schaffen. Bleib, wie du bist, dein N.« Noah musste sie kurz vor seinem Sprung vom Observatorium geschrieben haben. Facebook hatte vorher Auskunft gegeben: Nur noch elf, zehn, neun, acht ... zwei Tage! Das, sagte Sarah, sei für sie das Schlimmste gewesen. Sie hätte es wissen müssen! Niemals hätte sie ohne Noah nach Berlin gehen dürfen und niemals hätte sie glauben dürfen, es ginge nur um den Asteroiden, niemals.

Noah hatte ich als kleinen, schmalen Jungen mit blassem Gesicht in Erinnerung. Er hatte als Einziger von uns die chinesische Instantsuppe mit Fett gegessen, weil er zunehmen wollte. Seine Bewegungen als Kleinkind waren im Gegensatz zu denen Sarahs so unkoordiniert gewesen, dass ich anfangs gedacht hatte, er sei vielleicht behindert. Da war auch eine seltsame Abwesenheit gewesen, wenn er bei den anderen Kindern saß und vor sich hin starrte. Er hatte spät gehen und sprechen gelernt. Mit dem Eintritt in die Volksschule hatte er sich dann plötzlich verändert. Er war schneller geworden: in seinen Bewegungen, im Sprechen, im Denken. Ich weiß noch, dass ich mich sehr gewundert hatte, als es hieß, Noah sei hochbegabt. Er werde zwei Schulstufen überspringen.

Es war Mitternacht. Bruno schlief schon, und wir anderen hatten beschlossen, ein Vollmondbad zu nehmen. Josefine und Willi hatten sich eine Art Doppelcouch aus Schwimmschlangen gedreht und saßen im Wasser eng nebeneinander, jenseits des Steges. Maya und Filippa lagen in je einer Schwimmschlangenwiege in der Nähe des Ufers. Sarah und ich schwebten im Meer, auf unseren Schwimmschlangen kniend. Alles rundum glänzte. Bei Vollmond ist die Meeresoberfläche immer spiegelglatt. Unsere Körper leuchteten weiß. Das Meer war durchsichtig bis auf den Grund. Uns ging es darum, stabil zu bleiben. Das war leichter ganz allein, aber auch anstrengender. Offenbar ist der Wille sich selbst im Weg. Wir wollten uns gegenseitig Halt geben, indem wir uns an den Händen fassten. Das war nur durch äußerste Sanftheit zu erreichen. Nicht festhalten, nur leicht berühren. Kaum bewegte sich jemand schneller, weil er sonst die Balance nicht hätte halten können, konnte auch der andere die Balance nicht mehr halten. Kein Druck, kein Ziel, kein Wollen. Es gelang. Weiße Felsen schwebten an uns vorbei, der dunkel gefleckte Meeresgrund, ein stabiler Himmel. Wir wollen tanzen, sagte Sarah, ich führe. Sie berührte mich von hinten ganz leicht am rechten Oberarm, und ich schwebte im Halbkreis nach links, sie berührte den linken Oberarm, und ich schwebte nach rechts. Und jetzt du, sagte sie. Jede Stelle am Körper, die berührt wurde, führte in eine andere Richtung. Wichtig war nur, die entstandene Bewegung nicht abzubremsen, sondern mit ihr zu gehen. Wer das versteht, tanzt. Wir tanzten. Das Meer war so groß, und endlich war nirgends ein Gedränge. Wir schlossen die Augen. So, dachte ich, müsste man leben. So müsste man gebären, so sterben.

Willi und ich werden uns ein Wasserbett kaufen, wenn wir wieder zu Hause sind, sagte Josefine, bevor wir alle schlafen gingen, das hilft gegen Hüftgelenkschmerzen.

Das Paddeln lag Sarah. Hier assoziierte sie nichts mit dem Schiffsunglück. Beim Paddeln sei eben alles unmittelbar, sagte sie, die eigene Kraft und die Reaktion des Bootes auf den Wind und die Wellen. Sie hasse alles Mittelbare. Und die Abhängigkeit von Motoren, Plottern und Skippern. Wir fuhren inzwischen täglich gegen vier Uhr nachmittags mit dem Faltboot hinaus.

Wenn wir gegen den Wind paddelten, hatten wir aufgrund der uns entgegentreibenden Wellenkämme den Eindruck, übers Meer zu rasen. Der Eindruck täuschte natürlich. Gegen den Wind waren wir langsamer als mit dem Wind. Es war auch viel anstrengender. Trotzdem war unsere Wahrnehmung eine gegenteilige. Die Wahrnehmung siegt immer über die Vernunft. Jawoll, rief Sarah, und schneller! So rasten wir auf einem breiten Silberstreifen der Sonne entgegen. Unsere Bewegungen waren ganz im Einklang: links und, rechts und, links und. Das Wasser schoss uns entgegen. Der Kajak erschien uns sicherer als jedes andere Boot. Ein Kajak kann gar nicht sinken. Er könnte kentern, aber warum sollte er kentern während unserer rasenden Fahrt der Sonne entgegen? Unterhalten konnten wir uns nicht. Da Sarah vorne saß, riss der Wind ihre Worte an sich und zerstreute sie in kleine Partikel. Manchmal klang es wie ein Murmeln. Ich verstand nicht, was sie sagte, und sie verstand mich auch nicht, weil der Wind nicht wegen irgendwelcher Worte seine Richtung ändert. Aber beim Paddeln ist sowieso jede Unterhaltung überflüssig. Was zählt, ist der Rhythmus, der in der Mitte des Körpers entsteht, umgesetzt wird von den Schultern und Armen und schließlich in einer Hebelbewegung das Wasser teilt und wegschaufelt. Nach einer Weile stellten wir das Boot in den Wind, sofort erlosch jedes plätschernde, schaufelnde Geräusch, und die Sonne brannte uns plötzlich auf den Rücken. Wir ließen uns treiben. Wir waren glücklich. Beide in der gleichen großen Gebärmutterhülle, die alle Geräusche dämpft. Sanft fällt das Licht ein. Schaukelnd wippen die kargen Felsen der Insel, hinter der die Sonne untergehen wird, auf und ab. Wir sind der Leere ganz nah. Warten auf die Delfine. Immer ist es ein kurzes Aufschrecken, wenn die großen Rückenflossen plötzlich aus dem Meer ragen. Hoffentlich sind sie uns freundlich gesinnt. Ja, sind sie. Sie ziehen an uns vorbei, springen, dicht nebeneinanderschwimmend, synchron aus dem Wasser, schnaufend und prustend, beschreiben zwei parallel verlaufende, weite Bögen und tauchen fast lautlos wieder ins Meer. Das wiederholen sie, nah um unser Boot kreisend. Sie wollen bewundert werden, und wir bewundern sie. Ein Delfin streckt seinen Kopf hoch aus dem Wasser. Es schaut aus, als wollte er mit uns Ball spielen. Wir sind im Paradies gelandet. Das Wasser ist metallblau und ganz glatt. Darüber wölbt sich der Himmel. Zwischen Himmel und Wasser ist Platz für unser kleines knallrotes Faltboot und zwei Delfine, die mit uns Ball spielen wollen.

Ich frage mich, sagte Sarah, als wir wieder am Ufer waren und das Boot mühsam über die Gummimatte auf die Mole hinaufzogen, warum sie so freundlich zu uns sind.

Einmal waren wir, unsere beiden Familien, in den Ferien miteinander verreist, weißt du noch, fragte Sarah vor dem Abendessen, als wir uns vom Paddeln ausruhten, während Josefine und Willi wie immer gemeinsam das Abendessen zubereiteten, was bedeutete, dass jeder von ihnen in den vier Wochen achtmal kochen musste, während wir anderen Einzelköche nur je viermal kochen mussten. Ohne meine Halbbrüder natürlich. Die waren damals schon zu alt für Familienferien. Behaupteten sie jedenfalls. Kannst du dich an das sogenannte Meerwasserschwimmbecken erinnern, unter hohen Felsen, das bis zum späten Nachmittag im Schatten lag? Noah wollte unbedingt schwimmen, aber die Brandung war überall zu stark. Mein Vater hatte im Reiseführer von einem Meerwasserschwimmbecken in einer Bucht nahe unserem Ferienhaus gelesen. Die Bucht, die wir mit dem Auto über eine unbefestigte Piste erreichten, die sich hoch in die Berge schraubte, über einen Pass führte und auf der anderen Seite wieder steil hinunterschraubte zum Meer, war dann den ganzen Tag im Schatten. Am Strand lagen schwarze runde Steine. Feiner schwarzer Sand dazwischen. Erinnerst du dich an das Geräusch, das das Meer machte, wenn es in Wellen auf das Land traf und sich wieder zurückzog? Die Steine klirrten! Nichts hatte mich bis dahin so beeindruckt wie dieses angebliche Meerwasserschwimmbecken, das ursprünglich ein riesiger Fischbehälter gewesen sein dürfte. Es hatte die Form eines überdimensionierten Waschtroges in rechteckiger Form mit einem Rand aus dunklem Beton, wie zum Ertränken von Tieren und Menschen. Als wir das erste Mal auf einer staubigen Piste entlang steiler Felswände dorthin gelangten, schlugen hohe Wellen über den Rand des Beckens, die hätten jeden dort Badenden ins Meer gerissen und hinausgespült, bis keine Möglichkeit mehr bestanden hätte, zurückzukehren an irgendein Ufer. Im Wasser des überdimensionierten Waschtroges schwammen Fische, und der Boden war neongrün von Moos und schwarz gesprenkelt von Seeigeln. Niemals wäre ich dort baden gegangen. Nur Noah wollte hinein. Ich hatte solche Angst, dass er es wirklich tun würde. Denn wenn er es getan hätte, hätten wir ihn retten können?

Ich hatte Sarah aufmerksam zugehört, und doch erinnerte ich mich nicht an dieses Meerwasserbecken oder an irgendwelche unbefestigten Pisten. Ich erinnerte mich nur daran, dass Marieluise in dieser Zeit verschiedenste Phobien hatte. Sie hatte Angst vor schmalen Höhenstraßen, vor der starken Brandung des Meeres, vor frei laufenden Hunden, vor überhängenden Felsen und – merkwürdigerweise – davor, nicht in Ohnmacht fallen zu können.

Nie, solange ich lebe, sagte Sarah, werde ich die Gischt vergessen, die in jenes Meereswasserbecken hinein- und wieder hinausschäumte, nie werde ich vergessen, dass das Meer dunkelblau sein kann, ein wenig weiter draußen, im Offenen, und türkis, ein wenig weiter zum Ufer hin, und dann schneeweiß, wenn es zischt und die Gischt über die Felsen sprudelt oder über den Rand des Beckens und weiß sprudelnd alles auslöschen kann, was vorher noch rosa war und mild.

Wir gingen Hand in Hand zurück zum Haus. Sarah bereitete Falafeln zu. Ich bin so froh, sagte sie, dass ich hier mit euch auf dieser Insel sein darf. In diesem Meer wird niemand ertränkt. Und die kargen Berge trösten mich. Später, es war schon dunkel, rauchten wir am Tisch auf der Terrasse mit dem Bick über das Meer, und Sarah erzählte mir von ihren Plänen. Jeden Februar, sagte sie, kämen Hunderttausende Kraniche von Europa zurück nach Israel ins Hulatal. Manche überwinterten dort, andere tankten Kraft für den Flug über die Wüste. Noah, Daniel und sie seien jährlich an der Fütterung der Kraniche durch Naturschützer beteiligt gewesen, die damit den Zorn der Bauern dämpfen wollten, denen die Kraniche die Kichererbsen wegfraßen. Genau dort wolle sie später einmal die Kranichstation errichten.

Gegend Abend, nachdem Sarah und ich das Essen zubereitet hatten, kamen unsere Freunde, wir öffneten den Prosecco, aßen die Falafeln als Vorspeise, gegrillte Fische und Kartoffeln als Hauptspeise und süßes Couscous danach.

Als ich nachts noch einmal auf die Toilette musste, die außerhalb des alten Hauses an der Steinmauer lag, die unsere Häuser trennte, hörte ich, dass Josefine und Willi noch auf waren und sich auf ihrer meerabgewandten Terrasse unterhielten. Ich verstand nur Wortfetzen. Unprofessionell, hörte ich Josefine sagen, ... absolut kontraproduktiv. Du musst bedenken ..., dann verstand ich einen ganzen Satzteil nicht, ... nicht die Mutter. Ich war sicher, sie sprachen von Sarah und mir und missbilligten mein unprofessionelles Engagement. Ich blieb ganz still auf der Toilette sitzen. Aber dann sagte Willi: »In unserem Alter gilt: Do it or lose it! Wäre doch gelacht, wenn wir es nicht schaffen würden.« O Gott, dachte ich, geht es hier um Sexualität im dritten Lebensabschnitt? Josefine, jenseits der Mauer, kicherte. Komm, sagte sie zu Willi, wir probieren es auf dem Steg. Ich schlich eilig ins Bett zurück.

Natürlich nahm mich Sarahs Geschichte ungeheuer mit. Ich starrte, wenn ich allein war, gedankenverloren aufs Meer oder dachte an vergangene Zeiten in Berlin.

Und alle Erinnerungen waren überschattet von dem gewaltsamen Tod Marieluises, Jakobs und Daniels, von dem Selbstmord Noahs und von dem Mitleid mit Sarah. An Arbeit war nicht zu denken. Du musst dich abgrenzen, sagten Josefine und Willi. Bruno sagte es auch. Aber wie? Es wäre mir vorgekommen, als ließe ich Sarah im Stich. Als ob ich sie durch Mitleiden retten könnte. Ich wollte die Dinge nicht ihren Lauf nehmen lassen. Schließlich nehmen die Dinge nun einmal nicht immer einen positiven Verlauf.

Schon vor vielen Jahren hatte ich während der oft schwierigen Pubertät meiner Kinder einsehen müssen, dass ich im Grunde zu dem von mir gar nicht geschätzten invasiven Menschentyp zähle. Ich konnte noch nie eine Sache oder einen Menschen, die oder der mich beschäftigte, loslassen, sondern hängte mich stets so hinein, bis ich die Sache oder den Menschen durch mein Innerstes geradezu hindurchgezogen hatte. Das war der Sache nicht immer unbedingt dienlich, und meinen Mitmenschen, besonders meinen Kindern, war ich deshalb oft ziemlich auf die Nerven gegangen. Meine Mutter war genauso gewesen und war mir deshalb ebenfalls ziemlich auf die Nerven gegangen. Einzig tröstlich in dieser Beziehung war mir der Gedanke, dass der Schriftsteller möglicherweise davon profitiert, ein invasiver Menschentyp zu sein. Er versetzt sich in andere hinein, indem er sie sich einverleibt.

Die Sache mit dem Schiffsunglück fiel mir ein. Ich erinnerte mich, dass Marieluise mir damals in Berlin davon erzählt hatte. Und dass sie auf Jakob wütend gewesen war. Er habe sie da in etwas hineingeritten, hatte sie gesagt, das unverantwortlich gewesen sei. Mit zwei kleinen Kindern an Bord in einen Sturm hineinzusegeln, nur weil der Bootsbesitzer darauf bestanden habe, dass er den Übergabetermin einhalte. Das seien genau die beiden Charakterzüge, die sie an Jakob von jeher gestört hätten: Einerseits sei er oft extrem stur, andererseits dann wieder extrem angepasst. Manchmal habe sie den Eindruck gehabt, Jakob sei deutscher als die Deutschen, die er so verachtete.

Sarah kam später von sich aus noch einmal auf das Schiffsunglück zu sprechen. Wir waren bei zu schwungvollem Einsteigen in das Faltboot im Seichten gekentert. Sarah wunderte sich, dass sie darüber hatte lachen können. Es sei das erste Mal seit dem Schiffsunglück, dass sie in so einer Situation nicht panisch geworden sei. Bisher habe sie Vergleichbares immer sofort an den Horror von damals erinnert. An den Sturm und die meterhohen Wellen, das Krängen und Rollen des Bootes, den harten Aufprall, wenn es, von einer Welle hochgetragen, wieder ins Wellental hinuntergekracht sei, an das Knirschen des Schiffsbodens, als sie aufliefen, und sogar an ihren eigenen Schrei, als ihre Mutter unter dem Schiffsrumpf verschwand. Für mich ist sie damals gestorben, sagte Sarah, die längst zu lachen aufgehört hatte, auch wenn sie nach einigen Sekunden auf der anderen Seite des Bootes wieder aufgetaucht ist. Und in gewisser Weise auch Jakob. Er sei nämlich nicht, wie sie es im ersten Moment instinktiv erwartet habe, der Mutter sofort nachgesprungen, ja, er habe sich nicht einmal von der Schiffsbank erhoben. Er sei nur starr sitzen geblieben mit abwesendem Gesichtsausdruck. Da habe sie verstanden, dass die Welt kein sicherer Ort sei, ihr Vater nicht allmächtig und die Menschen sterblich.

Sarah interessierte sich für meinen Beruf. Sie wollte wissen, ob ich schon immer Schriftstellerin habe werden wollen, wie ich auf die Idee zu einem Roman oder einer Geschichte komme, ob das Schreiben mich erleichtere. Eines Tages zeigte sie mir ein selbst verfasstes Gedicht. Es handelte von einem Vogel mit einem gebrochenen Flügel, der auf einem Baumstumpf sitzt und sehnsüchtig in den Himmel schaut. Es war ein schlechtes Gedicht. Sarah selbst war aber ganz begeistert. Ein großartiges Gefühl, sagte sie, mit Worten eine Welt zu erschaffen, mit ganz eigenen Gesetzmäßigkeiten. Und so befreiend. Auf diese Weise, sagte sie, könnte man sich doch alles von der Seele schreiben, was einen potenziell belaste, und das Beste daran sei, dass man es nicht einmal selbst erleben müsse. Ich brachte es nicht über mich, das Gedicht zu kritisieren, und riet ihr bloß, es doch einmal mit einer Kurzgeschichte zu versuchen. Nicht jeder sei der geborene Lyriker. Ich saß dann noch lange auf der hinteren Terrasse des alten Hauses und grübelte über den Zusammenhang von subjektivem Empfinden und objektiv gelungener Arbeit nach.

Schließlich kam ich zu dem Schluss, dass es da keinen Zusammenhang gibt.

Ich hatte offenbar abgenommen. Seit drei Tagen meinte ich, wenn ich mich im Spiegel anschaute, das Gesicht meines Vaters gegen Ende seines Lebens zu sehen. Es war ein spitzes Gesicht. Besonders die Nase. Die Gesichtspartie zwischen Nase und Oberlippe hatte sich fast unmerklich um die Zähne gewölbt. Die Oberlippe war leicht nach innen gebogen. Die Augen zuerst trüb, später durchsichtig. Bin ich so erschöpft? Alles ist auf einmal schwer. Das Schlafen, das Aufstehen, das Leben. Ich bin schon so alt. Ich liege in der Früh im Bett und weiß nicht, wie ich es schaffen soll, aufzustehen, meine Schuhe zu finden, das Mineralwasser ins Wasserglas zu füllen und mit dem Wasserglas, der Zahnbürste und der Zahnpaste hinauszugehen und Zähne zu putzen. Wo soll ich mich waschen? In dem Plastikeimer, in den ich aber zuerst Zisternenwasser gießen muss. Die italienische Kaffeemaschine lässt sich mit meinen steifen Fingern kaum aufschrauben. Ich fühle mich überfordert.

Ich hasse mich dafür. Ich mag wehleidige Menschen nicht. Bruno ist viel stabiler, er bringt Sarah das Surfen bei und zieht sich zurück, wenn ihm alles zu viel wird. Wenn ihm nicht nach Lächeln zumute ist, lächelt er nicht. Ich schon. Oft beiße ich die Zähne so zusammen, dass mein Kiefer schmerzt. Oder ich lächle so verkrampft, dass ich mich bemühen muss, das Lächeln wieder aus meinem Gesicht verschwinden zu lassen.

Habe ich irgendwelche Schmerzen oder Beschwerden, schlucke ich augenblicklich verschiedene Tabletten: Kopfwehtabletten, Schlaftabletten, Beruhigungstabletten. Den Vorrat an Tabletten, den wir eigentlich für Sarah angelegt haben, habe ich bereits klammheimlich kräftig reduziert. Ich designe mich. Dafür rächt sich mein Körper, indem er, sobald die Wirkung der Tabletten nachlässt, schmerzt. Mein Kopf tut weh. Ich habe zwei Kopfwehtabletten genommen (zuerst Aspirin, nachdem es nicht gewirkt hat, Parkemed), aber die Kopfwehtabletten wirken immer noch nicht. Ich schleppe mich auf die Terrasse und stöhne. Hör auf zu stöhnen, sagt Bruno, der viel tapferer ist als ich, leg dich hin und ruh dich aus.

Sechster Tag

Ich weiß, ich wiederhole mich: Der Mensch ist von Natur aus ungeeignet für die Natur. Fährt auf eine einsame Insel, auf der es weder Strom noch fließendes Wasser gibt, und karrt sofort Solarpaneele an, um doch Strom für einen Laptop, für einen Mixer, für einen Pürierstab, Strom für mehrere Digitalkameras, Handys und MP3-Player zu haben. Und paketweise Haushaltsrollen, Nylonabfallsäcke und Abwaschschwämmchen, dreißig Liter Mineralwasser pro Person in Plastikflaschen, Waschpulver, Duschgel, Haarshampoo und so weiter. Verrückt! Von den Nahrungsmitteln, die ja größtenteils ebenfalls in Plastik verpackt sind, ganz zu schweigen. Nach einer Woche Aufenthalt auf der einsamen Insel haben wir bereits zwei 50-Liter-Säcke Abfall produziert. Den werfen wir allerdings nicht, wie die Bevölkerung südlicher Länder es gerne tut, an besonders schönen, weil abgelegenen Plätzen in die Natur, sondern sammeln ihn nach allen Regeln der Mülltrennung wie alle Touristen bis zum Ende unseres Urlaubs, um ihn auf das Fischerboot zu laden, das uns wieder aufs Festland bringt, wo ihn dann unsere Vermieter wer weiß wie und wo entsorgen.

Der Mensch ist auch ungeeignet für Gefühle. Es ist

bis heute nicht erwiesen, wie unsere emotionalen Reaktionen entstehen, ja es ist sogar höchst unwahrscheinlich, dass es, wie ich kürzlich irgendwo gelesen habe, einen Koordinator im Gehirn gibt, den wir als Ich bezeichnen könnten. Offenbar laufen sämtliche Wahrnehmungs- und Verarbeitungsprozesse im Gehirn parallel ab, kleine elektrische Blitze, von Synapse zu Synapse. Ein kleiner elektrischer Blitz, gekoppelt mit einem Schuss Dopamin, und wir fühlen uns im Paradies, ein anderer kleiner Blitz, von Eiweißkillern begleitet, und wir landen in der Hölle. Und die Hölle, das sind bekanntlich die anderen.

Das Paradies ist heute das smaragdgrüne Meer, die würzige Luft, das Plätschern der Wellen am Steg, die Hölle ist der Zehnlitereimer Meerwasser, den ich zum Spülen der Toilette vom Meer zum Haus täglich mehrmals hochschleppe. Der Gedanke setzt sich in meinem Kopf fest, dass eigentlich meistens ich den Zehnlitereimer Meerwasser bis zur Toilette hochschleppe, während Bruno im Liegestuhl liegt und Weltliteratur liest, Willi in aller Ruhe Gottesanbeterinnen filmt und Josefine tagelang in der Hängematte vor sich hin träumt. Ich habe Rückenschmerzen, die werden sich durch das Wasserschleppen verstärken, bis ich schließlich nicht mehr auf dem Bett ohne Rückenlehne an meinem Abstelltischchen sitzen und auf dem Laptop schreiben kann. Die Nächte in den zu weichen Betten sind ebenfalls die Hölle. Ich bin eindeutig zu alt für diese Insel. Und die Mädchen, die blutjung sind und eigentlich noch topfit sein müssten, um literweise Wasser ohne Rückenschmerzen schleppen zu können, trinken anscheinend lieber den ganzen Tag Bier oder Wodka und hören dazu blödsinnig stampfende Musik aus Kopfhörern oder planschen kreischend im Meer herum. Können die nicht auch einmal etwas tun? Abwaschen zum Beispiel. Das Geschirr für sieben Personen stapelt sich in der prallen Sonne vor dem Abwaschbecken auf der Terrasse des Haupthauses. Das Fett in den Pfannen und auf den Tellern wird ranzig und fängt zu stinken an. Die halb wilden Katzen schleichen sich ohnehin Tag und Nacht an unser Geschirr heran und schlecken es ab mit ihren keimverseuchten Zungen. Aber natürlich! Um abzuwaschen, müsste man erst Meerwasser holen und den ganzen Mist in Plastikeimern einweichen, dann Wasser aus der Zisterne schöpfen, in großen Töpfen auf dem Gasherd anwärmen, in der Zwischenzeit das eingeweichte Geschirr wieder aus den Plastikeimern räumen, das Einweichwasser außerhalb des Gartenzaunes entsorgen, das warme Wasser einfüllen, das Geschirr spülen und dann noch einmal mit Warmwasser abspülen, auf Geschirrtüchern abtropfen und trocknen lassen und dann in den Küchenschrank einräumen. Das bedeutet zwei Stunden Arbeit, und offenbar war niemand in den vergangenen Inseljahren außer mir dazu bereit. Aber mir reicht es diesmal. Ich bin jetzt auch nicht mehr dazu bereit, ich laufe hinunter zum Steg und fordere mit wutverzerrter Stimme zur Mitarbeit auf.

Einen Augenblick verharren alle in Erstarrung wie

der Hofstaat von Dornröschen, nachdem es sich mit der Spindel gestochen hat. Die Mädchen, die sich eben noch vor Lachen am Boden gewälzt haben, schauen mich erstarrt an, Bruno mit der *Anna Karenina* auf dem Schoß, Josefine halb aufgerichtet in der Hängematte, Willi, die Kamera auf die Gottesanbeterin gerichtet, die mich ebenfalls starr anschaut. Dann bricht der Wirbel los. Bruno klärt mich mit beinahe tonloser Stimme darüber auf, dass niemand außer ihm die Boote abends am Steg vertäut, die Surfbrettsegel zum sonnengeschützten Trocknen unter die Rosmarinsträucher schleppt, das Motorboot bedienen gelernt hat, das Meerwasser zum Spülen der Toilette mindestens fünf von sieben Mal holt. Willi rechnet vor, wie oft er bereits um fünf Uhr früh Geschirr abgewaschen hat, und Josefine kriecht umständlich aus der stark durchhängenden Hängematte, um mir auf gleicher Augenhöhe mitzuteilen, dass niemand außer ihr sich bisher um die Nachmittagsjause gekümmert hat. Einzig die Mädchen schleichen wortlos alle drei zum Abwasch. Mir tut mein Ausbruch leid. Ich hasse Disharmonie und habe sofort ein schlechtes Gewissen. Aber da muss ich jetzt durch.

Es kommt bei jedem unserer Inselaufenthalte mindestens einmal zur Krise. Was ja auch kein Wunder ist. Wir verbringen bereits das siebte Jahr den September gemeinsam auf der Insel. Das bedeutet, dass wir bis jetzt sechs Monate und eine Woche zusammen auf engstem Raum verbracht haben. Ein Wunder höchstens, dass wir uns immer noch aushalten. Ich fange zu heulen an. Die Knie, der Rücken, die Rhizarthrose in den Händen, sechzig Jahre alt, das ist kein Zuckerschlecken. Bruno bietet mir sofort seinen Platz auf der Liege an, Willi legt die Kamera zur Seite, und Josefine hockt sich neben mich, einen Arm auf meiner Schulter. In dieser Position gesteht sie mir, eine Kalkschulter zu haben, seit sie vor drei Jahren, als wir noch keine Solarpaneele und also auch keinen Mixer auf der Insel hatten, täglich Eiklar und Schlagobers für den Nachmittagskuchen mit der Hand geschlagen habe. Sicher, so eine Kalkschulter komme, wie der Name ja schon sage, von der Verkalkung, aber sie sei doch der festen Überzeugung, dass das viele Schlagen mit der Hand damals schließlich die entscheidende Verschlechterung bewirkt habe. Bruno gibt zu, kein Gruppenmensch zu sein. Das wissen wir zwar alle seit sechs Jahren, aber er selbst hat noch nie darüber gesprochen. Für ihn, sagt er nun, neben meinem Liegestuhl stehend und die schwere *Anna Karenina* von einer Hand in die andere wechselnd, sei der Gruppendruck auf der Insel regelmäßig eine Belastung. Wieso Gruppendruck, sagt Josefine, niemand habe Bruno je daran gehindert, sich Tag und Nacht in sein Zimmer zurückzuziehen, und niemand habe ihm je vorgeworfen, sich kein einziges Mal an den gemeinsamen Kartenspielen beteiligt zu haben. Aber Bruno meint, alleine die sich endlos dahinziehenden Abendessen in der Gruppe machten ihm zu schaffen. Willi hat eher andersherum ein Problem. Für ihn sind die gemeinsamen Abende zu kurz. Da er nur vier oder höchstens fünf Stunden schlafen könne, sei es unabdingbar, niemals vor zwei Uhr nachts schlafen zu gehen, weil er sonst um fünf Uhr früh auf der Matte stehe, und zwar allein. Wenn er sich um fünf Uhr früh irgendwie betätige, zum Beispiel das Geschirr abwasche, würde er sofort wegen der Lärmbelästigung von seiner Familie, die meist bis zehn Uhr morgens im Bett liege, zurechtgewiesen. Bruno schlägt Willi vor, morgens um sechs zu paddeln oder zu wandern, da sei das Licht sowieso am schönsten, was Willi mit dem Hinweis auf unseren hohen täglichen Alkoholkonsum zurückweist. Den möchte er sehen, sagt Willi, der nach einigen Flaschen Bier und mindestens einer Flasche Wein und nach vier oder höchstens fünf Stunden Schlaf paddle oder wandere. Da sagt Bruno, der nach dem Abendessen sofort in sein Zimmer geht und dann bis zehn Uhr vormittags schläft, nichts mehr. Willi kommt auf seinen Beruf als Filmemacher zu sprechen. Auch in seinem Beruf, sagt er, habe er stets das Problem mit den Langschläfern. Üblicherweise sitze er mit der Crew bis spätnachts beim Wein und vergeude dann frühmorgens wertvolle Stunden mit Warten. Und gerade das Morgenlicht sei ja tatsächlich das beste Licht überhaupt. Willi ist Dokumentarfilmer, möchte aber Spielfilme drehen. Während jeder seiner Dokumentarfilme hoch subventioniert wird, bekommt er nie genug Geld für einen Spielfilm. Human Interest, wie seine Geldgeber ihre Subventionspolitik nennen würden, sei im Moment hoch gefragt auf dem Filmmarkt. Willi stellt sich selbst und uns die Frage, wieso ein Spielfilm denn eigentlich nicht im menschlichen Interesse liege. Wir beschließen, trotz der relativ frühen Stunde eine Flasche Prosecco zu öffnen, schließlich haben wir Ferien, und wechseln vom Strand auf die Sonnenterrasse, wo wir beim Klappern des Geschirrs und dem höllischen Lärm irgendwelcher aggressiven Bands, deren CDs die Mädchen hinter dem Haus beim Abwaschen bevorzugen, die Situation des maroden Kulturbetriebs in Europa besprechen. Ein äußerst ergiebiges Thema. Wir sprechen darüber seit sechs Jahren. Dabei fallen mir meine Rückenschmerzen wieder ein, und ich öffne eine zweite Flasche Prosecco.

Es artete schließlich in ein Besäufnis aus.

Die Reihenfolge der alkoholischen Getränke war im Grunde immer die gleiche: Sekt (immer Josefine und ich) oder Bier (meistens die Jugendlichen und die Männer), Rosé, Weißwein, zum Schluss Rotwein. Wenn es ganz schlimm kam, danach noch Cognac oder Whisky. Wir waren erst beim Weißwein, als sich bereits der Schleier der Aussöhnung über mich legte. Aussöhnung mit der Inselgemeinschaft, Aussöhnung mit der Lage, wie sie nun eben einmal war: Sarah hatte mich ausgewählt, mir ihr Schicksal anzuvertrauen, und ich war bereit, es anzunehmen. Kein kleinliches Hadern mehr wegen Erschöpfung, Alterswehwehchen oder weil Sarah mich vom Arbeiten abhielt, sondern die vom Alkohol gefestigte Überzeugung, meine wichtigste Aufgabe bestehe im Moment im bedingungslosen Unterstützen eines jungen Menschen, der es im Leben schwer genug gehabt hatte. Kein Roman der Welt ist es wert, dachte ich beim zweiten Glas Weißwein, ihm etwas Lebendiges zu opfern. Beim ersten Glas Rotwein beschloss ich, Sarah, wenn es nötig sein sollte, meine gesamte literarische Karriere zu opfern. Danach begannen meine Gedanken zu verschwimmen. Undeutlich nahm ich wahr, dass Bruno und die Jugendlichen sich zurückgezogen hatten, Josefine in ihrer Hängematte eingeschlafen war und Willi mich aus rot unterlaufenen Augen anstierte. Offenbar hatte ich ihm meine Überlegungen ausführlich dargelegt, denn er versuchte mir schwerzüngig mitzuteilen, dass er ebenfalls der Meinung sei, nichts sei widerwärtiger als der Künstler, der für ein gelungenes Werk seine Oma opfere. Warum seine Oma, fragte ich, ebenfalls schwerzüngig, aber Willi hatte den Gedankengang schon wieder vergessen. Beim Cognac in den frühen Morgenstunden gründeten wir die Künstlervereinigung Contra Arte. Willi notierte ein paar Statuten. Das meiste konnten wir am nächsten Tag nicht mehr lesen. Nur so viel: Auch Hunde haben das Recht, der Vereinigung beizutreten, sofern sie glaubhaft nachweisen können, keine wie immer geartete Ausbildung zu Krankenbetreuern, Haushaltshilfen oder Kinderfreunden gemacht zu haben.

Siebter und achter Tag

Ich glaube, ich mutete Bruno einiges zu. Nicht nur bei diesem Inselaufenthalt, sondern auch schon bei allen vorherigen. Während Josefine und Willi ununterbrochen aneinanderklebten und offenbar hart an ihrer Alterssexualität arbeiteten, unternahmen Bruno und ich kaum etwas zusammen. Bruno, der, wie er diesmal selbst zugegeben hatte, kein Gruppenmensch ist, blieb ja, auch wenn er das selbst so wollte, von fast allen unseren Unternehmungen ausgeschlossen. Er wandere nun einmal nicht gerne in Gruppen, koche lieber allein als gemeinsam, sitze ungern am Strand in der Hitze herum und hasse Gesellschafts- und vor allem Kartenspiele, sagte er. Da aber Josefine und ich bei allen möglichen Gelegenheiten, oft schon vormittags gleich nach dem Frühstück, pokerten und wir alle nach dem Abendessen Karten oder Table Talk spielten, war er fast immer allein. Ich weiß auch nicht, warum wir auf der Insel so viel spielten. Daheim langweilte mich das eher. Wahrscheinlich war es einfach Gewohnheit aus der Zeit, als die Kinder noch jünger gewesen waren. Auch damals schon hatte Bruno meistens nicht mitgemacht. Wir alle hatten uns so daran gewöhnt, dass wir Bruno gar nicht mehr fragten, ob er mit uns kochen, spielen oder wandern wollte. Selten saßen wir beide alleine unter der Pergola auf unserer Terrasse und unterhielten uns. Beinahe das Einzige, das Bruno und ich immer schon auf der Insel gemeinsam unternommen hatten, war, mit unserem Zweierfaltboot zu paddeln. Bruno hinten, ich vorne. Da waren wir ein eingespieltes Team, schweigsame Partner in der Stille auf dem Meer. Mit niemandem sonst hatte ich bis zu unserem siebten Inselaufenthalt so gerne gepaddelt wie mit Bruno. Beim Paddeln muss der ganze Lebensrhythmus stimmen. Die Weltsicht allgemein. Brunos und meine Paddelschläge waren von Anfang an stets synchron gewesen, und wenn wir uns in den Wind oder in die Sonne gestellt hatten und uns von den Wellen schaukeln ließen, fühlten wir uns auf eine Weise verbunden, wie wir uns jeweils mit niemand anderem je verbunden gefühlt hatten. Das hatten wir uns oft gegenseitig versichert. Und ausgerechnet diesen Part hatte in der Zwischenzeit ebenfalls mehr und mehr Sarah übernommen. Sarah und ich, wir fuhren beinahe täglich vor dem Abendessen mit dem Faltboot hinaus aufs Meer, dem Sonnenuntergang entgegen. Bruno blieb an Land.

Ich glaube, Bruno war allmählich eifersüchtig auf Sarah geworden. Deshalb kam es ihm wohl auch entgegen, dass sie sich zurückzuziehen begann. Zuerst nur manchmal, dann immer öfter. Sie brach mit Habibi mittags in der prallen Sonne zu stundenlangen Inselwanderungen auf oder lag nachmittags hinter der Küchenkommode reglos auf der Couch. Ich begann mich zu sorgen. Hatte sie die erste kleine Unstimmigkeit auf der Insel so aus der Bahn geworfen? Hatte ich sie mit der rüden Aufforderung zum Mithelfen bei der Hausarbeit verstört? Glaubte sie vielleicht jetzt, sie sei nicht willkommen bei uns, störe unsere eingeschworene Inselgemeinschaft? Oder dachte sie an ihre Eltern? Kündigte sich gar ein Zusammenbruch an? Bruno schob es auf meine Unfähigkeit zur Distanz. Sei doch froh, sagte er, dass du deine Ruhe hast. Du könntest das ausnutzen und arbeiten. Nachdem Sarah aber immer öfter mit geröteten Augen von ihren Wanderungen zurück- oder aus dem Geräteschuppen gekommen war, sorgte sich schließlich auch Bruno. Auch den Mädchen fiel Sarahs Rückzug auf. Sie versuchten sie mit Bier, Chips und Schwimmschlangen aus dem Geräteschuppen herauszulocken. Meistens umsonst. Das Kreischen der Mädchen hinter den Felsen war verstummt. Auch abends war die Stimmung eher gedrückt, da Sarah nach dem Essen auf einmal gleich schlafen ging. Bruno blieb dafür nun länger bei uns sitzen. Fragen, die wir in der Gruppe Sarah zunächst nicht zu stellen gewagt hatten, wurden, als wir unter uns waren, allmählich behutsam formuliert. Wie hat es wohl zu dem Mord an den Eltern kommen können? Irgendetwas muss doch längst vorher aus dem Ruder gelaufen sein. War der Selbstmord des Bruders fünf Jahre danach wirklich nicht zu verhindern? Ich bekam Kopfschmerzen und schrieb auch in der zweiten Urlaubswoche keine Zeile.

Hat dir Sarah eigentlich je selbst von dem Mord erzählt?, fragte Josefine mich am Strand.

Hatte sie nicht. Gott sei Dank, hatte ich anfangs gedacht und es als Beweis dafür genommen, dass Sarah damit fertig wurde.

Vielleicht, sagte Josefine, sollten wir sie einfach einmal danach fragen.

Maya war strikt dagegen. Das könne man unmöglich tun, sagte sie. Entweder Sarah spreche von sich aus davon oder eben nicht. Wahrscheinlich sei sie sowieso jahrelang von allen Menschen, denen sie begegnet sei, auf den Mord angesprochen worden. Ihr selbst gehe es ganz genauso. Sie habe keine Lust, von irgendjemandem auf ihre Panikattacken angesprochen, also reduziert zu werden. Du mit deiner ständigen Konfrontationspolitik, sagte sie zu ihrer Mutter. Wenn du sie auf den Tod ihrer Eltern ansprichst, ziehe ich mich auch zurück.

Ausgerechnet Bruno schlug schließlich vor, gemeinsam etwas zu unternehmen und Sarah so behutsam wieder in die Gruppe einzugliedern.

Wir beschlossen, unsere kreativen Kräfte anhand von Schwemmgut zu aktivieren. Filippa hatte uns voriges Jahr auf die Idee gebracht. Sie hatte nach einem Unwetter angeschwemmte Gegenstände gesammelt und daraus Plastiken gebaut. »Luftgebilde« hatte sie eine Plastik aus Tang und einem dicken, zwischen zwei Bäumen befestigten Tau genannt und eine zweite »Der Fang«.

Da hatte sie auf einem zerrissenen Fischernetz sämtliche angespülte Fender, Ölkanister, verrostete Dosen und ein paar leere, verrottete Muscheln drapiert.

Wir alle außer Bruno hatten uns dem angeschlossen und verschieden geformte Hölzer bemalt, zusammengenagelt, beklebt oder einfach nur gesammelt und betrachtet. Ich war damals in einen regelrechten Schaffensrausch geraten und hatte, statt eine Kurzgeschichte fertig zu schreiben, eine ganze Reihe prächtiger Fantasietiere hergestellt. Willi hatte sich auf Naturmaterialien konzentriert und große Teile unseres Mehlvorrates sowie Safran, Zimt und leider auch die roten Rüben, die ich dringend für ein Risotto benötigt hätte, aufgebraucht.

Am nächsten Tag setzten wir mit dem Motorboot zur Müllhalde über, wie wir den Strand auf der Rückseite unserer Insel nannten, an den all das angeschwemmt wird, in dem unsere Weltmeere langsam versinken: Ölkanister, Kappen, Taue, Fender, Badeschuhe, Nylonsäcke, aber eben auch Hölzer jeder Form und Funktion. Sarah kam tatsächlich mit.

Schon während der Überfahrt erklärte Willi sein Verhältnis zu Schwemmgut und Naturmaterialien. Er sagte, als Filmer sei er ununterbrochen mit technischen Mitteln konfrontiert. Der größte Teil einer Filmproduktion spiele sich ja am Computer ab. Ohne neueste technische Mittel gehe da gar nichts, wenn man nicht dilettieren wolle. Er könne gar nicht sagen, wie satt er es oft habe, den ganzen Tag vor dem Schirm zu verbringen. Wirklich schöpferisch sei an einer Filmproduktion vielleicht ein Fünftel der Zeit, alles andere sei Knowhow. Manchmal spüre er sich gar nicht mehr als Mensch. Nur wer wirklich etwas mit den Händen gestalte, sei unmittelbar schöpferisch. Sozusagen mit dem ganzen Körper. Da sei nichts verfremdet, nichts abgespalten, nichts verformt. Hand und Kopf stünden dabei in unmittelbarer Kommunikation. Großartig sei das. So ein Holzteil in den Händen zu spüren und dann zu bearbeiten, abzureiben, einzureiben, zu verfärben …

Das sei wirklich Kunst und nicht diese technische Wichserei …

Du erklärst viel zu viel, sagte Filippa, das gehört nämlich zur Kunst dazu: Nicht darüber reden, machen!

Josefine legte ihre Hand auf die Willis: Ich nenne es Entspannung, nicht Kunst, sagte sie und sah ihm in die Augen, als handelte es sich um eine ganz besondere Liebeserklärung.

Schon das Anlegen war ein Abenteuer. Auf der nördlichen Seite der Müllhalde war es unmöglich. Zu starke Brandung. Aber im Süden unserer Halde, auf dem schmalsten Teil der Insel, konnte Bruno bei ruhigem Meer kurz vor einer Stelle, dort, wo eine Steinmauer ins Meer ragte, am Boot einen Heckanker befestigen. Einer von uns musste als Erster aus dem Boot auf die Felsen oder auf die Steinmauer springen und die Leine halten, bis alle ausgestiegen waren. Es war Sarah, und Habibi sprang ihr sofort hinterher. Bruno blieb im Boot sitzen. Zur Sicherheit und zur Bewachung, sagte er. Ohne Boot, falls es sich loslösen würde, kämen wir schwerlich wieder zurück zum Haus.

Jeder suchte etwas anderes in unserer Müllhalde. Willi fand eine Riesenschlange aus Tauen, grellbunte Plastikteile, Josefine ein Brett, auf dem, verwittert, aber lesbar, BetoFilm stand. Wo gibt es denn noch Holzschuhe? Maya hatte einen gefunden. Und eine Bürste ohne Borsten. Sarah hatte im Durcheinander von Tauen, Fendern und Hölzern vor allem Vogelformen entdeckt, potenzielle Papageien, Schlangenvögel, Flughunde, Adler, Bussarde und einen Kranich. Ich fand diesmal vor allem Masken, Masken aus Hölzern, harten Rinden, Wurzelstöcken. Vor Filippa lag ein Triptychon, das erst noch vollendet werden musste. Noch war alles vage. Noch wussten wir nicht, ob das, was wir in den gefundenen Gegenständen sahen, später auch wirklich entstehen würde, oder ob alles zurücksacken würde in ihr Nur-Holz-, Nur-Tau-, Nur-Plastik-Sein. Aber das Sammeln war uns genug. Wo kamen all diese Bretter und Schuhe und Planken her? Vom nächsten Badestrand, vom offenen Meer, stammten sie von einem Schiffsunglück, wurden bei irgendwelchen Schmuggelfahrten einfach Kisten über Bord geworfen, Ballast abgelegt, oder schmeißt jemand auf einer Nachbarinsel seinen Müll ins Meer? Schiffe und Boote hat hier jeder, sonst kann man nicht leben in dieser Inselwelt. Schiffe und Boote schlagen leck, werden alt, porös, wassersüchtig und versinken, Planken und Platten lösen sich ab, und vielleicht hat ein Fischer seine Bürste im Boot vergessen, als er es versenkte? Oder es kommt alles mit der Strömung von weit her, irgendwo weit im Süden liegt Afrika und das Kap der Guten Hoffnung. Dort erleiden viele Schiffbruch. Es ist ein ganz seltsames Gefühl, mit den Brettern und Planken und Hölzern am Arm den schmalen Grat der Insel wieder zu überqueren, mit der Ahnung, wie viel Wasser und wie viel Zeit dieses Holz bearbeitet haben. Habibi hatte einen uralten Knochen aufgestöbert und trug ihn ebenfalls zum Boot. Sarah, Filippa, Maya, Josefine, Willi und ich waren schwer beladen.

Vor dem Haupthaus breiteten wir später die Hölzer aus. Manche mussten trocknen, alle mussten betrachtet werden. Jeden Tag, im Vorbeigehen. Sie alle trugen ein Geheimnis in sich. Manchmal war es eine Struktur, manchmal ein Lebewesen, eine Maserung, ein Tier, eine Botschaft. Sarah hatte unter all den potenziellen Vogeltieren auch einen Klumpen Teer gefunden, in den hinein ein nacktes weißes Kind aus Ton kroch. Das Tonkind lag bäuchlings mit ausgebreiteten Armen auf dem erstarrten Teer. Das Gesicht und das rechte Bein waren darin gänzlich verschwunden, die Arme bis zu den Ellbogen. Wie war das Gebilde entstanden und warum?

Sarah hatte mich irgendwann gefragt, ob ihre Mutter glücklich gewesen sei, als ich sie kennengelernt hatte.

Die Frage beschäftigte mich lange. Ich hatte noch nie darüber nachgedacht. Weder in Bezug auf andere noch in Bezug auf mich selbst. War ich glücklich in meiner Jugend? In den chaotischen Wohngemeinschaften, mit den chaotischen Gedanken und Plänen und den vagen Hoffnungen? War Marieluise glücklich? Zumindest wusste sie noch nicht, dass sie einmal zwei Kinder haben würde, die dann durch ihren gewaltsamen Tod mit nur fünfzig Jahren alleine zurückbleiben würden.

Sie hat noch während ihres Studiums ein Buch über menschengerechte Gestaltung der akustischen Umwelt veröffentlicht, hatte ich Sarah geantwortet, das in linken Kreisen sehr beachtet wurde. Sie war kommunikativ, intellektuell, diszipliniert. Ja, lebenslustig, unternehmungslustig, neugierig.

Später war sie nicht mehr glücklich, hatte Sarah gesagt.

Inwiefern war Marieluise nicht glücklich, fragte ich Sarah beim Bemalen einer Maske aus Schwemmholz, die ich ihr schenken wollte. Sarah schaute mich nicht an, sondern beobachtete eine winzige Spinne, die den glatten Tisch überquerte.

Ich weiß auch nicht, sagte sie, vielleicht hat sie sich doch fremd gefühlt in Israel. Behauptet hat sie das Gegenteil. Sie konnte auch nicht besonders gut Hebräisch. Es gab Spannungen zwischen meinem Vater und ihr. Aber vielleicht täusche ich mich ja und es kommt mir nur im Nachhinein so vor.

Die Spinne war über die Tischkante geklettert und seilte sich am eigenen Faden ab.

Ich schenkte Sarah die Schutzmaske Mnemosyne, ein glattes, ovales Holzstück, das ich weiß angemalt hatte. Die Augen waren schmale schwarze Linien, die Nase und der Mund Löcher.

An diesem Abend blieb Sarah nach dem Essen sitzen. Zum ersten Mal seit unserer Inselkrise hörte ich sie wieder lachen. Ich ging sogar vor ihr schlafen. Auf meinem Bett lag ein Notizheft. Auf der ersten Innenseite stand »Mein Krankentagebuch«.

Jerusalem, 11. November 2008

Erinnere mich an nichts. Alles schwarz. Wenn nichts überhaupt schwarz sein kann. Schwarz ist ja immerhin etwas. Schwarze Materie, schwarze Löcher. Schwarze Witwen. Schwarz ist viel zu stark für mein Nichts. Grau wäre passender. Dichter grauer Nebel. Nein, kein Nebel. Nebel lichtet sich irgendwann, und man sieht Konturen, Umrisse, Gegenstände. Ich sehe nichts. So stelle ich mir den Tod vor: nichts. Keine Ahnung, kein Vergleich, keine Stellungnahme. Da ist nicht einmal das Gefühl einer Zerrissenheit, wie ich es manchmal nach einem Albtraum hatte, jedes Bein in einer anderen Wirklichkeit. Da ist nur gar nichts. Etwas ist gelöscht. Oder noch schlimmer: Etwas, das war, war nie. Man könnte mir alles erzählen, und ich müsste es glauben. Man könnte mich anlügen, und ich würde es für die Wahrheit halten. Mein Erinnerungsnichts ist dichter als der rote Samtvorhang, der plötzlich mitten in der Theatervorstellung fällt: Weil es nichts hinter dem Vorhang gibt. Keine Wohnstube, keinen Kirschgarten. Die Tage, an denen ich mich an nichts erinnere, habe ich in meinem Kalender durchgestrichen. Ein diagonaler Strich durch die Tage, die ich nicht mehr weiß. Sechsunddreißig diagonale Striche.

Ich habe Angst, dass ich verrückt werde.

Was man mir erzählt hat: Meine Eltern sind drei Tage vor Jom Kippur von Daniel erstochen worden. Angeblich vor Noahs und meinen Augen.

Jerusalem, 31. November 2008

Endlich Ruhe. Habe mir Haare ausgerissen. Auf dem Hinterkopf, unter den Deckhaaren, damit man es nicht sieht. Es war ganz leicht. Ich habe ein dickes Büschel in die Hand genommen und es mit einem einzigen festen Ruck ausgerissen. Ich glaube, es war sogar noch ein Stück Haut an ihm. Eine Weile gar nichts. Dann hat es gebrannt. Die Stelle, wo vorher die Haare waren, war feucht und klebrig. Eine Erlösung. Friede. Ruhe. Schlaf. Ich darf es nicht wiederholen. Man wird mich sonst entdecken, und das darf ich Ruben und Ariel nicht antun. Ich will hier weg. Ich halte die Blicke nicht mehr aus. Unser Haus ist jeden Tag voller Menschen, die uns helfen wollen. Sie kochen für uns, waschen unsere Wäsche, sprechen gedämpft und schauen mich mitleidig an. Ich will weg. Aber ich darf Noah nicht alleinlassen. Ich mache mir solche Sorgen um ihn. Er tut so, als wäre nichts geschehen. Er macht ohne Unterbrechung dort weiter, wo er vorher stehengeblieben ist. Geht bereits wieder in die Schule und besteht alle Prüfungen mit Auszeichnung, wie vorher auch. In seiner Freizeit beschäftigt er sich mit fernen Galaxien und liest Bücher über Mathematik und Physik. Einmal in der Woche geht er wie wir alle zum Psychologen. Noah ist noch schlimmer dran als ich. Er weiß nicht einmal, dass er nichts mehr weiß. Ich glaube, sein Psychologe hat beschlossen, es vorläufig dabei zu belassen. Er ist ja erst dreizehn! Wenn ich Noah verliere, bin ich ganz allein. Ruben und Ariel tun alles, was sie können. Ich glaube, sie überleben wegen uns. Aber das halte ich auch nicht aus. Niemand sollte wegen mir überleben müssen. In mir ist ein unerträglicher Druck. Wie in einem Schnellkochtopf. Niemand darf jetzt den Deckel mit Gewalt öffnen, ich schon gar nicht. Was soll ich nur tun?

Jerusalem, 3. Dezember 2008

Gestern habe ich Salz in die Wunde auf meinen Hinterkopf gestreut. Sie soll sich nicht mehr schließen. Leider hat es nicht geblutet. Aber das Brennen hat ein bisschen geholfen. Ich habe nachher schlafen können.

Jerusalem, 5. Dezember 2008

Ich habe wieder ein Büschel Haare ausgerissen. Diesmal noch mehr. Die Wunden heilen so schnell. Es tut gar nicht mehr weh. Ich habe es mit Essig versucht.

Neunter Tag

Am nächsten Tag auf der Frühstücksterrasse, wir waren allein, die anderen schon am Meer, erzählte Sarah wieder von Noah. Ihr Bruder habe sich mehrmals von Grund auf verändert, sagte sie. Zuerst schweigsamer Sternengucker, dann strebsamer Klassenbester, zum Schluss aufsässiger Widerspruchsgeist. Diese letzte große Veränderung Noahs ist mit der Pubertät gekommen, sagte Sarah. Erst da begann sein politisches Engagement. Unsere Halbbrüder Ruben und Ariel waren längst nach Israel nachgekommen und sofort zum Militär gegangen. Unser Vater freiwillig zur Polizei. Noah aber war Pazifist, Tierschützer, Anarchist. Keine beliebte Kombination in Israel. In der Hinsicht verstand er sich später am besten mit Daniel. Besonders was die Ablehnung des Militärdienstes anging.

Wann ist Daniel nach Israel ausgewandert?, fragte ich Sarah. Sie schien meine Frage nicht gehört zu haben. Oder sie hatte sie nicht hören wollen.

Viele von Noahs Ideen waren unausgegoren, sagte sie und schaute aufs Meer, er ist nie ein Pragmatiker gewesen.

In der Pubertät ist die Großhirnrinde eine Großbaustelle, erklärte Sarah. Sie habe während ihrer Krankheit viel darüber gelesen. Das Gehirn wird in der Pubertät noch einmal neu aufgebaut. Was nicht oft genug gebraucht worden ist, wird in der Zeit ausgesondert, das oft Gebrauchte verstärkt. Zuallerletzt reift derjenige Teil der Großhirnrinde, in dem zum Beispiel das Abschätzen eigener Handlungen und ihrer Folgen angesiedelt sind. Deshalb sind ja Pubertierende meist so unberechenbar. Es liegt oft ein enormes Missverhältnis zwischen einer hohen Ausbildung intellektueller Kapazitäten beispielsweise in Mathematik, Motorik oder Spracherlernung auf der einen Seite und der fehlenden Fähigkeit ganz simpler Einschätzungen eigener Handlungen und deren Folgen auf der anderen Seite vor. Es könnte also sein, dass Noah zwar akzentfrei Französisch, Hebräisch und Deutsch sprechen und an Mathematikwettbewerben teilnehmen konnte, aber weder genügend Impulskontrolle hatte noch die Folgen einer Handlung wirklich abzuschätzen in der Lage war. Die Großhirnrinde plante zwar seine Tat, an einem bestimmten Tag nach der Beobachtung des Asteroiden D14, von einem Observatorium zu springen, konnte aber nicht die Folge, nämlich den eigenen Tod, abschätzen.

Für Noah, sagte sie, war seine Tat vielleicht zwingend, aber ich glaube nicht, dass ihm bewusst war, dass er dann tot sein wird.

Und Daniel, sagte ich, konnte der seine Handlungen und ihre Folgen abschätzen?

Daniel, sagte Sarah, war neunzehn Jahre alt, als er starb.

Hadassah, 7. Januar 2009

Bin in Sicherheit. In der Jugendpsychiatrie der Hadassah-Klinik, in einem Zweibettzimmer mit einem palästinensischen Mädchen, das sehr dick ist. Weiß nicht, warum es hier ist, will ich auch gar nicht wissen. Das Mädchen ist im Alter von Noah. Nachts schnarcht es. Meine Freundin Esther hat mir geholfen. Sie war schon zweimal hier wegen ihrer Magersucht. In der Psychiatrie, hat sie gesagt, ist das nicht Normale normal. Ruben und Ariel waren dagegen. Ariel versteht nicht, wieso wir es nicht gemeinsam versuchen können. Zu Hause. Mit psychologischer Unterstützung. Er wollte mir sogar einen sehr teuren berühmten Psychologen mit Traumaausbildung aus eigener Tasche bezahlen. Ruben hat mich vor der Psychiatrie massiv gewarnt. Vor den Junkies in diesen Anstalten, den vielen Tabletten, die sie mir geben würden, den Psychiatern, die ja bekanntlich alle selber nicht ganz dicht seien. Du hast keine Ahnung, was dort los ist, hat er gesagt, das ist kein Internat. Aber ich habe auf einer Einlieferung bestanden. Ich kann nicht mehr. Ich würde mir immer mehr Haare ausreißen, sie würden es irgendwann ja doch entdecken. Es ist schon jetzt nicht leicht, die kahlen Stellen am Hinterkopf zu überdecken. Ich halte den Druck nicht aus. Ich halte ausgerechnet die nicht aus, die sich um mich kümmern. Sie beobachten mich. Sie sorgen sich um mich. Das engt mich ein. Das versteht aber niemand. Also musste ich aufhören zu sprechen. Ruben hat mich zu einer psychiatrischen Nothilfestelle gebracht. Ich habe nichts gesagt, nur Ruben hat geredet. Sie wollten mich fast schon wieder heimschicken. Aber ich habe von Esther gewusst, dass ich sagen muss, dass ich mich umbringen werde, damit sie mich einliefern. Es hat mir so leidgetan wegen Ruben, der sich ja total bemüht hat um mich, ich glaube ihm auch, dass er wirklich Angst vor der Psychiatrie hat. Aber ich weiß ganz genau, dass er mir nicht helfen kann. Er nicht und Ariel auch nicht. Noah muss ich eine Weile alleinlassen.

Hadassah, 12. Januar 2009

Ich schreibe jetzt zwei Tagebücher: eines für die Klinik und eines für mich.

Ich soll für die Klinik täglich niederschreiben, wie ich mich fühle. Wenn nicht ausführlicher, dann zumindest anhand einer Skala von eins (gut) bis zehn (schlecht). Ich würde am liebsten täglich zehn schreiben, aber das tue ich nicht. Ich brauche vielleicht noch Spielraum nach oben. Überhaupt ist die Frage nach dem Befinden die zentrale. Wo ich hinkomme, werde ich dazu befragt. Oft mehrmals täglich. Das nervt ziemlich. Schon nach fünf Tagen habe ich keine Ahnung mehr, wie ich mich fühle. Ich soll auch täglich über meine Träume berichten. Über meinen Appetit, über mein Verhältnis zu meiner Zimmerkollegin. Ich habe keines!

Meine Therapie haben sie vorläufig zusammengestellt. Ich bekomme morgens und mittags zwei verschiedene Tabletten, abends dann noch einmal zwei Tabletten und bei Bedarf Beruhigungstropfen, die sollen mir den Druck nehmen. Ich vermute, ich werde voll sediert. Ich habe keine Ahnung, wie die Tabletten heißen und wie genau sie wirken. Ist mir auch egal. Ich könnte hier sowieso nicht nachgoogeln. Internet ist verboten. Handy teilweise auch, ich bekomme es nur von sechs bis sieben Uhr abends. Ansonsten gehe ich täglich in die sogenannte Ergotherapie. Da knüpfen wir Freundschaftsbänder. Ein bisschen langweilig, aber egal. Ich habe mir vorgenommen, ein ganz buntes Band für Noah zu knüpfen. Außerdem habe ich – leider nur einmal die Woche – Körpertherapie nach Grinberg. Ich mag den Therapeuten und die Art der Therapie. Ich soll meinen Körper genau kennenlernen. Einmal in der Woche habe ich dann noch Gesprächstherapie bei einer sehr schweigsamen Therapeutin und einmal in der Woche eine Stunde mit dem Psychiater. Freiwillig gehe ich zum autogenen Training. Meine Bezugsperson ist eine Studentin namens Rahel, die in der Jugendpsychiatrie ihr Praktikum macht. Sie studiert Psychologie und Sport und ist der positivste Mensch, dem ich je begegnet bin. Sie ist auch die Einzige, die mit mir spazieren geht. Sonst sitzen wir ja hauptsächlich herum. Wenn wir gehen, passt sie sich meinem Rhythmus an. Ich gehe gerne schnell. Rahel hat einen schwarzen Gürtel im Judo. Ich hoffe, dass ich später einmal mit ihr trainieren darf. Manchmal, wenn wir sehr schnell spazieren gehen, fragt sie mich urplötzlich etwas Persönliches. Welchen Beruf ich einmal ausüben möchte oder ob ich gerne eine Schwester hätte. Ich nehme an, das gehört zur Therapie. Langfristig wollen sie eine Traumatherapie mit mir machen. Aber dazu muss ich mindestens zwei Monate, vielleicht auch drei hier gewesen sein.

Hadassah, 13. Januar 2009

Interessant. Wir sollen nicht über unsere Probleme mit den anderen Patienten sprechen. Hätte ich eher andersrum eingeschätzt. Dass die anderen Probleme die eigenen relativieren. Macht nichts. Ich habe sowieso keine Lust, mich viel zu unterhalten. Meistens bin ich einfach nur müde. Ich schlafe täglich von acht Uhr abends bis sechs Uhr früh. Das sind immerhin zehn Stunden. Die meisten anderen Patienten schauen nach dem Abendessen (bereits um sechs Uhr abends) fern. Aber was! Praktisch fast ausschließlich Arztserien. Ist mir komplett unverständlich. Mir reicht es völlig, dass ich selbst im Krankenhaus bin. Manchmal schlafe ich auch nach dem Mittagessen. Die Bücher, die ich mithatte, habe ich schon ausgelesen.

Morgen, Samstag, kommen erstmals Ruben, Ariel und Noah zu Besuch. Ich muss neue Bücher bei ihnen bestellen. Wir sollen hier keine psychologischen Bücher lesen (keine Selbsttherapie!), also habe ich Bücher über den neuesten Stand der Gehirnforschung bestellt. Ist auch effizienter. Ich hoffe, dass Noah keinen Schock bekommt, wenn er das hier sieht. Es gibt schon schwere Fälle. Ein Mädchen, das im Rollstuhl sitzt und immer mit dem Kopf wackelt. Ein Junge mit einem total verquollenen Gesicht. Ich weiß nicht, ob er immer so ausschaut oder ob das von den Medikamenten kommt. Ein fast Achtzehnjähriger ist schon zum dritten Mal hier. Er ist auf den Armen und Beinen tätowiert. Wenn er von einer Therapiesitzung kommt, hat er manchmal so eine Wut, dass er seinen Kopf gegen die Wand schlägt. Oder er fängt mit einem anderen Patienten Streit an. Ich gehe ihm lieber aus dem Weg. Meine Zimmerkollegin isst und isst.

Hadassah, 14. Januar 2009

Sie waren vier Stunden lang da. Noah hat überhaupt keinen Schock bekommen. Im Gegenteil. Ich habe den Eindruck, es gefällt ihm hier. Zumindest interessiert es ihn. Er hat sich alles genau angeschaut, den Aufenthaltsraum, das Esszimmer, auch unser Bad. Jedes Zimmer hat ein eigenes Bad. Zum Schluss hat er sich sogar in mein Bett gelegt und auf und ab gewippt. Um auszuprobieren, ob es bequem ist. (Ja, ist es!) Das dicke Mädchen, das offenbar nicht weiß, dass man das Zimmer verlässt, wenn jemand Besuch hat, hat sehr gelacht. Schockiert waren eher Ruben und Ariel. Ariel wollte es sich nicht anmerken lassen, aber ich weiß genau, dass er nur aus Verlegenheit dauernd gelächelt hat. Ruben konnte es nicht verbergen. Er hat gesagt, wenn ich will, nimmt er mich sofort wieder mit heim. Aber ich will nicht. Ich will hierbleiben. Es ist so anstrengend, ihm das klarzumachen. Ich muss unbedingt erreichen, dass sie nicht mehr so lange bleiben. Am liebsten wäre mir, sie würden gar nicht kommen. Aber ich habe jetzt wieder neue Bücher. Noah hat mir eines von seinen Lieblingsbüchern geschenkt: *Das Geheimnis der Symmetrie*. Ich habe ihm ein rot-blau-grün-gelbes Freundschaftsband geschenkt und gleich um sein Handgelenk gebunden. Ich glaube, er hat sich sehr gefreut. Am besten hat ihm gefallen, dass man Freundschaftsbänder nie mehr abnimmt. Man trägt sie über dem Handgelenk, bis sie von selbst abfallen.

Hadassah, 15. Januar 2009

Heute ist Ruben unangemeldet noch einmal alleine gekommen. Es war zwei Uhr nachmittags, ich habe gerade geschlafen. Er hat sich an meine Bettkante gesetzt und mich aufgeweckt. Dann hat er mich beschworen, die Therapie abzubrechen. Er ist fest davon überzeugt, dass ich hier nicht gesund werden kann. Ich glaube, er hat noch nie psychisch Kranke gesehen. Er kennt auch kaum Menschen ohne Hochschulabschluss. Es kommt ihm alles total roh vor hier, der Umgangston, die Gesichter der Patienten, die Sprüche. Er befürchtet, dass ich das Gymnasium nicht schaffe, wenn ich hierbleibe, oder dass ich es irgendwann abbreche. Es gefällt ihm auch gar nicht, dass die Jugendpsychiatrie gemischt ist. Außerdem behauptet er, ich hätte trübe Augen. Er hat wegen der Medikamente zu Hause gegoogelt und Hinweise auf schlimme Nebenwirkungen gefunden. Ich will das alles nicht hören. Weil es nichts nützt. Ich kann nicht nach Hause zurück. Es ist unmöglich. Ruben könnte mir niemals helfen. Weil er mein Halbbruder ist. Das kann ich ihm aber nicht sagen. Am Schluss habe ich nicht mehr verstanden, was er sagt. Ich habe ihn weggeschickt. Er soll mit der Psychiaterin reden, nicht mit mir. Ich kann nicht.

Hadassah, 17. Januar 2008

Ich war so müde. Aber in der Nacht konnte ich dann nicht schlafen. Ich habe mich in das Aufenthaltszimmer gesetzt und versucht zu lesen. Aber die Buchstaben sind mir vor den Augen verschwommen. Die Hände haben gezittert. Am liebsten hätte ich ganz laut geschrien. Meine Zähne haben geklappert. Mir war kalt. Da habe ich meinen Kopf gegen die Wand geschlagen wie der Tätowierte. Sofort war eine Nachtschwester da, die hat die Ärzte verständigt. Plötzlich waren alle Lichter an und eine Menge Leute um mich herum. Sie haben mir dann irgendein Mittel gespritzt, und ich soll vierzehn Stunden lang geschlafen haben.

Ich weiß nicht, wie spät es ist. Ich habe Kopfschmerzen.

Hadassah, 29. Januar 2009

Ich soll eine Gehirnerschütterung gehabt haben. Ich bin jetzt auf der geschlossenen Abteilung. Sie haben meine Medikamentendosis erhöht. Esther liegt neben mir. Sie wurde eingeliefert, weil sie wieder vier Kilo abgenommen hat. Ich bin froh, dass sie da ist. Wir halten uns an den Händen.

Hadassah, 30. Januar 2009

Esther hatte recht. Gestern habe ich zum ersten Mal seit den Tagen, die gelöscht sind, wieder gelacht. Mit ihr. Worüber weiß ich nicht mehr. Ich glaube, Ruben hat wirklich mit der Psychiaterin gesprochen. Er versucht jetzt zu akzeptieren, dass ich hier bin. Er ist nur eine Viertelstunde geblieben. Esther hat er allerdings nicht begrüßt. Er glaubt sicher, sie ist schuld daran, dass ich hier bin. Zum Schluss hat er mich lange umarmt. Ich liebe ihn. Er ist so verantwortungsbewusst.

Jerusalem, 24. Februar 2008

Ich bin wieder zu Hause. Im Haus hab ich Angst. Alle vermeiden das unterste Stockwerk. Dort war das Elternschlafzimmer. Natürlich will ich auch nicht nach Deutschland zurück. Wir haben beschlossen, hierzubleiben, also werden wir hierbleiben. Ruben hat beim Militär gekündigt, damit er sich besser um Noah und mich kümmern kann. Ariel will ihm dabei helfen. Aber von irgendwas werden wir leben müssen. In Deutschland haben unsere Verwandten zu Spenden aufgerufen. Für die »Waisen in Israel«. Das sind wir. Angeblich ist viel Geld zusammengekommen. Angeblich brauchen wir uns vorläufig keine Sorgen machen. Es gibt so viele Waisen in Israel. Ich will die Spenden nicht.

Jerusalem, 9. April 2008

Gehe wieder in die Schule. Das ist allerdings anstrengend. Ich fühle mich fremd dort. Mir kommt es so vor, als ob meine Schulkameradinnen mich meiden würden. Oder meide ich sie? Ich bin meistens mit Esther zusammen, die in die Parallelklasse geht. Die Konzentration fällt mir auch schwer. Ich drifte immer wieder weg, und plötzlich ist dann eine Stunde vergangen. Das sind die vielen Tabletten, die ich nehme. Endlich konnte ich googeln. Dabei hat sich herausgestellt, dass ich täglich zweimal zwei verschiedene Neuroleptika einnehme, außerdem Mittel gegen Depressionen und Angststörungen sowie eines gegen Krämpfe und Epilepsie, und dann noch eins gegen Depression, Schlaf- und Angststörungen. Ich glaube, ich bin übermedikamentiert. Alle diese Mittel machen müde, schwindlig und dick. Irgendwann werde ich sie absetzen. An die letzten Wochen im Hadassah kann ich mich nur verschwommen erinnern. Bin offenbar immer wieder hin und her verlegt worden zwischen Geschlossener und Offener. Der Psychiater hat mir gesagt, dass ich zweimal versucht hätte, mich umzubringen: Tablettenüberdosis. Wie ich zu den vielen Tabletten gekommen sein soll, weiß ich nicht. Wir bekamen immer nur die Tagesdosis, die wir vor den Augen eines Pflegers schlucken mussten. Rahel sagt, ich sei sehr schlau vorgegangen. Habe angeblich überhaupt alles getan, was verboten ist: in meinem Zimmer geraucht – ja, ich rauche jetzt –, die

Tabletten bei der Ausgabe unter der Zunge und später dann unter der Matratze versteckt, mein Kliniktagebuch (das andere!) zerrissen, Ruben Geld gestohlen, um Zigaretten zu kaufen. Na ja, wird schon stimmen. Ich habe keine Lust, darüber nachzudenken. Ich will meine Ruhe haben. Ich will, dass alles wieder gut ist. Nicht wie vorher, aber gut.

Hadassah, 17. Juni 2009

Da bin ich wieder: Jugendpsychiatrie! Schwindel, Ohnmacht (neulich kam ich deshalb an den Tropf), Eisenmangelanämie, Dissoziation, Migräne. Ich weiß, dass sie eine psychotische Entwicklung befürchten. Schizophrenie. Die klinischen Befunde sprechen aber (noch) dagegen. Ich habe in meine Krankenakte geschaut. Heimlich. Das ist so ein Widerspruch: Immer heißt es Vertrauen aufbauen, alles ist durchlässig, alles kommunizierbar, aber dann heimlich eine Krankenakte führen. In der steht auch, dass ich den Wirkstoff Olanzapin (vermutlich das neue Medikament, das eine psychotische Entwicklung verhindern soll) ohne Nebenwirkungen vertrage. Das stimmt nicht. Ich habe Sehstörungen, kann nicht schlafen und bin deshalb immer müde. Außerdem habe ich zugenommen. Und aus meiner Brust kommt eine milchige Flüssigkeit. Ekelhaft! In der Schule werden sie mich trotz dauernder Abwesenheit dieses Jahr durchkommen lassen (Lehrerkonferenz). Mir ist es egal. Ich habe beschlossen, mich fallen zu lassen. Der dauernde Kampf gegen das Wegtreten bringt nichts. Irgendwann werde ich ganz unten ankommen. Und dann wird es vielleicht wieder aufwärts gehen. In mein neues, zweites Kliniktagebuch habe ich jetzt alle Mitpatienten eingetragen. Damit ich mich erinnere. Es ist sehr unangenehm, wenn man jemandem auf dem Gang begegnet, der einen wie eine Freundin begrüßt, und man kann sich selbst nicht erinnern. Ich trage jetzt auch alles Alltägliche ein: Datum, Essen, Träume, Gespräche. Als Anhaltspunkte für später.

Zehnter Tag

Es war ein warmer, kräftiger Wind, der die Palmen zerzauste und die Rosmarinsträucher schüttelte. Der Sturm kam diesmal aus Südosten. Kein unberechenbarer, böiger Wind, sondern ein gleichmäßiger, verlässlicher. Auf dem Meer hohe, breite, von weit weg heranrollende Wellenwalzen, die der Wind schon lange vor sich her getrieben haben musste. Überall Schaumkronen.

Während Josefine und ich pokerten, Willi und Bruno Kaffee kochten, Filippa dünne Stangen Holz auf ein Brett nagelte und Maya Freundschaftsbänder knüpfte, malte Sarah Vögel auf kleine weiße Blätter. Eigentlich waren es nur zwei miteinander verbundene Halbkreise, so wie Kinder meistens Vögel zeichnen. Während die ersten paar Vögel auf dem Blatt noch wie breitgezogene »m«s einer Kinderschrift aussahen, wurden sie mit wachsender Anzahl zu einem großen, wilden Vogelschwarm, der sich aufmachte, Ozeane, Wüsten, Wälder oder Steppen zu überqueren. Am liebsten, sagte Sarah, würde sie so viele Vögel zeichnen, wie es wirklich gebe. Für jeden einzelnen Vogel, sagte Sarah, ein Zeichen.

Auf den Sturm folgte Regen. Ein Regen, als ob jemand Wasserbecken über uns ausschütten würde. Er kam grau aus einem dichten grauen Himmel und fiel auf ein graues Meer. Bei jedem unserer Aufenthalte im September hatte es bisher ein- oder zweimal geregnet. Aber noch nie so heftig. Die Wege zwischen den beiden Häusern, zum Meer hinunter und zur zweiten Bucht hinter unserem Haus waren in kürzester Zeit verschlammt. Man konnte keinen Schritt aus dem Haus gehen, ohne schwere, rote Lehmklumpen an den Schuhen mitzuschleppen. Da die Häuser, wie alle Häuser in südlichen Ländern, nicht wirklich isoliert waren, war es kalt. Wir zogen alles, was wir an warmer Kleidung mithatten, übereinander an. Die dichte Bewölkung erzeugte eine Düsternis, so dass wir in den Zimmern nicht lesen konnten. Mit unseren Solarpaneelen hatten wir bei dem Wetter keine Chance. Die Kraft der Lampen, die über das Windrad in Autobatterien gespeichert war, reichte auch nicht aus. Wir trugen den Tisch, der sonst auf der Meeresterrasse stand, in die Küche des Haupthauses, um den wir dann dicht gedrängt saßen. Willi schlug vor, fortan jeden Tag ein Zitat, ein Gedicht oder sonst einen »Spruch des Tages« an die Haustür zu heften. Um Geist und Körper in Übereinstimmung zu bringen, meinte er. Weil wir sonst vor lauter Natur verblöden würden. Alle lachten. Aber er ging gleich mit gutem Beispiel voran und schrieb im Kerzenlicht »I'm looking for the face I had / Before the world was made« auf einen Zettel. Das Zitat stamme von Yeats, den er gerade mit großer Begeisterung im Original lese, sagte er. Sarah heftete das Blatt mit Reißnägeln an die Innenseite der Haustür. In drei Tagen ist Jom Kippur, sagte sie unvermittelt. Außer mir wusste niemand, dass Sarahs Eltern vor fünf Jahren genau drei Tage vor Jom Kippur ermordet worden waren. Es hatte ja niemand sonst in ihrem Tagebuch gelesen. Ich beschloss, Sarah ganz genau im Auge zu behalten. Das Meer war mittlerweile so verhangen, dass wir es durch die verglaste Terrassentür kaum mehr erkennen konnten. Habibi saß auf seinem eingezogenen Schwanz und starrte unentwegt hinaus. Wir waren wie abgeschottet von der Umwelt. Die letzten Menschen überhaupt. Josefine kochte Tee, in den wir den gefährlichen, von den Hausbesitzern selbst gebrannten hochprozentigen Schnaps gossen. Langsam erwärmten wir uns. Es entstand eine Art Hüttenatmosphäre. So eine Aufgekratztheit wie am Abend vor einer Gipfelbesteigung. Da wir, außer Bruno, alle in der Küche rauchten, lagen bald Rauchschwaden über dem Tisch.

Wir sprachen mal wieder über den maroden Kulturbetrieb. Filippa und Maya spielten Karten. Sarah starrte vor sich hin. Josefine gab zu bedenken, dass nicht nur der Kulturbetrieb marode sei, sondern die Gesellschaft insgesamt. Überall würden Subventionen gestrichen, besonders im Sozialbereich. Die Forensik interessiere sowieso keinen Menschen mehr. In Amerika seien sogar die Gefängnisse privatisiert. Am liebsten, sagte Josefine, würde man auch bei uns die Todesstrafe wieder einführen, um sich das Geld zur Versorgung, Betreuung und Verwahrung von sogenannten abnormen Straftätern zu ersparen.

In manchen Fällen sei das auch durchaus erwägenswert, sagte Bruno.

Josefine schüttelte den Kopf und nahm einen ordentlichen Schluck von dem Tee mit Schnaps. Ich auch.

In welchen Fällen?, fragte sie.

Im Fall Anders Behring Breivik zum Beispiel, sagte Bruno, der, ohne bis heute die geringste Reue zu zeigen, siebenundsiebzig Menschen, darunter zweiunddreißig Jugendliche unter achtzehn Jahren, auf einer Insel und bei dem Bombenattentat in Oslo getötet und dann sogar noch im Gefängnis ein Manifest zur Vernichtung linker und rassisch minderwertiger Menschen verfasst habe.

Breivik sei als Kind Bettnässer gewesen, sagte Josefine. Desolate familiäre Verhältnisse, gestörte Vaterbeziehung, wahrscheinlich paranoide Schizophrenie. Seine Mutter war mit dem schwierigen Kind überfordert, lehnte aber die Einsetzung eines Jugendbeirats ab. Eine akute psychische Störung war absehbar.

Das sei alles gut möglich, sagte Bruno, aber es entschuldige nichts.

Es gehe nicht um Entschuldigungen, sondern um Erklärungen, sagte Josefine.

Sarah sagte nichts. Ich sah aber, dass sie das rechte Bein regelrecht um das linke gewickelt und die Finger so fest ineinander verschränkt hatte, dass die Knöchel weiß hervortraten. Ich machte Bruno ein Zeichen, die Diskussion abzubrechen. Aber er missverstand mich wohl und öffnete die Eingangstür. Sofort kam kalte

Luft herein. Und Wasser. Auf der hinteren Terrasse hatten sich Pfützen gebildet, auch das kannten wir schon von den vergangenen Jahren. Die Terrasse war nicht austariert, sie fiel zum Haus hin ein wenig ab. Bruno beobachtete, wie das schlammige Regenwasser in dünnen Rinnsalen in die Küche floss.

Tür zu, schrie Willi, der sich schon wieder an der Kaffeemaschine zu schaffen machte.

Nur wenn ihr aufhört, in der Küche zu rauchen, sagte Bruno. Bruno ist Asthmatiker. Das wussten wir alle, aber bei so einem Hundewetter ist der Raucher geneigt, den Asthmatiker zu ignorieren. Der Asthmatiker wiederum, der ebenfalls unter dem Wetter leidet, will das nicht hinnehmen. Die Mädchen hatten aufgehört, Karten zu spielen. Los, sagte Filippa, wir lüften und gehen zum Rauchen vor die Tür. Das war naturgemäß umständlich. Wir zogen alle Regenmäntel an und drängten uns unter das Vordach möglichst nah an die Mauer, um nicht knöcheltief im Wasser zu stehen. Sarah rauchte in der Zeit, in der wir alle eine Zigarette rauchten, gleich drei.

Nachdem wir einigermaßen durchnässt wieder in die Küche zurückgekehrt waren, sagte Bruno, nicht alle Bettnässer seien bösartig.

Ja, sagte Josefine, aber krank.

Auch dieses Thema war nicht neu auf der Insel. Bei unserem allerersten Inselaufenthalt hätten wir uns deswegen fast zerstritten. Damals waren noch unsere Kinder dabei gewesen, und Bruno war im Zuge der Diskussionen über die marode turbokapitalistische Gesellschaft auf Charles Manson und seine Kommune zu sprechen gekommen.

Wenn er neben sich einen Knopf hätte, hatte Bruno, der damals bereits reichlich betrunken gewesen war, in aggressivem Tonfall gesagt, mit dem er Charles Manson töten könne, würde er keinen Moment zögern, diesen Knopf zu drücken. Alle waren wir damals entsetzt gewesen. Besonders die Jugendlichen, allesamt pazifistisch und gegen die Todesstrafe, unsere Kinder sogar vegan, um nicht nur die Tiere, sondern auch ihre Produkte wie Eier, Milch und so weiter zu schützen. Paul hatte zu der Zeit mit Tränen in den Augen von Hühnern gesprochen, denen der Mensch in seiner Gier rücksichtslos den Nachwuchs raube. Charles Manson, hatte sich daraufhin Bruno aufgebracht verteidigt, habe aber eine schwarze Heilslehre verbreitet, der seine Anhänger auf grausame Weise Menschenopfer gebracht hätten. Josefine hatte daraufhin einen langen Vortrag über bipolare Störungen und ihre Krankheitssymptome gehalten. Willi hatte gezögert, auf welche Seite er sich schlagen sollte, nachdem Bruno die Gewissensfrage gestellt hatte, was denn nun mit den Nürnberger Prozessen gewesen sei, ob man Führer und Folterknechte des Nationalsozialismus auch hätte schonen müssen, da sie möglicherweise alle bipolar gewesen seien. Damals wären unsere Kinder am liebsten sofort abgereist, wenn sie die Möglichkeit dazu gehabt hätten.

Bruno hatte sich dann tags darauf entschuldigt und sichtlich niedergeschlagen mit Tränen in den Augen gesagt, er werde einfach nicht damit fertig, dass jemand einer Schwangeren bei lebendigem Leib den Bauch aufschneiden, das Kind herausnehmen und gegen die Wand werfen könne. Selbst die Kinder hatten die Entschuldigung angenommen.

Aber diesmal war es etwas anderes. Diesmal war Sarah dabei. Und sie kannte beide Seiten, Opfer wie Täter. Es gibt Situationen, sagte Sarah jetzt und zündete sich doch wieder in der Küche eine Zigarette an, die sie aber, wie mir auffiel, plötzlich mit der linken Hand rauchte statt wie sonst mit der rechten, da liegt gar nichts mehr in deiner Hand. Da wirst du überrollt von Erlebnissen, Bildern, Erinnerungen, die dich entscheidungsunfähig machten. Du tust dann das für dich gerade zufällig Naheliegende. Ethische Maßstäbe gibt es da nicht. Das ist ja immer nur eine Außenansicht, eine Bewusstseinsfrage: Gut und Böse. Innen, sagte sie, ist jeder gut und böse zugleich.

Ja, sagte Maya, wenn sie eine Panikattacke habe, könne sie nicht aus dem Haus gehen. Sie könne es dann einfach nicht, ob das jetzt gut sei oder nicht.

Okay, sagt Bruno, das gelte aber nur für krankheitsbedingte Zustände.

Wir sind alle krank, sagte Sarah.

Das glaube er zwar nicht, sagte Bruno, aber selbst wenn das der Fall wäre: Auch unter Hypnose oder unter schwerstem psychischen Druck begehe niemand Taten, die er bei klarem Bewusstsein unter keinen Umständen begehen würde.

Noch nie von Zwangsstörungen gehört, fragte da Josefine, von chemischen Reaktionen im Gehirn, auf die du keinen Einfluss hast?

Verstanden, sagte Bruno da ziemlich heftig, wenn hier auf unserer einsamen Insel jemand nachts auftaucht und uns einen nach dem anderen niederschießt, dann war es eine chemische Reaktion in seinem Gehirn. Wir haben keine Entscheidungsfreiheit, wir sind nicht selbstbestimmt, es gibt auch kein »Ich« und ob wir zu Mördern werden oder nicht, ist reiner Zufall. Alle schwiegen. Bruno schien nicht zu bemerken, dass Sarah schneeweiß im Gesicht geworden war.

Super, fuhr er fort. Ich bau euch täglich die Surfbretter auf, schleppe das Faltboot in den Schatten, hole eimerweise Meerwasser für die Toilettenspülung, rette euch mit dem Motorboot aus Seenot, flicke kaputte Luftmatratzen. Das mach ich aber nicht aus freiem Willen, sondern weil ich chemisch bedingt ein Trottel bin oder was?

Du kannst es ja auch bleiben lassen, wenn du nicht möchtest, sagte Sarah, die jetzt plötzlich ganz rot im Gesicht war. Maya nahm Sarahs Hand. Filippa streichelte ihr über die filzigen Rastalocken. Eine Weile saßen wir alle schweigend da.

Sogar im Islam, sagte Sarah plötzlich mit einer seltsam hohen, piepsenden Stimme, gebe es ein Gesetz, dass das Todesurteil über einen Mörder dann aufgehoben werden könne, wenn die Familienmitglieder des Opfers ihm verziehen. Es sei immer eine enorme humanistische Leistung, wenn nicht Gleiches mit Gleichem vergolten werde.

Niemand sagte etwas. Wir alle dachten wohl an den Mörder ihrer Eltern. Hatte sie ihm verziehen? Es war so still, dass man eine Stecknadel hätte fallen hören können.

Bruno starrte vor sich hin, den Kopf in die rechte Hand gestützt.

Filippa hatte dann die rettende Idee.

Wisst ihr was, sagte sie, wir gehen jetzt alle schwimmen. Das Wasser ist vermutlich wärmer als die Luft, und ob es regnet oder nicht, ist im Wasser sowieso egal. So war es dann auch.

Wir zogen uns, bis auf Sarah, die ihre Unterhose anbehielt, nackt aus und liefen wie weiße Gespenster durch den Matsch zum Meer, und es war, nach dem ersten Schreck, tatsächlich wärmer als die Luft. Die Jugendlichen, auch Sarah, kreischten und schwammen und tauchten und hüpften herum. Filippa und Willi sprangen von der Mole ins Meer, rannten wieder auf die Mole und sprangen wieder ins Meer. Josefine und ich versuchten erfolglos, unter der jeweils anderen durchzutauchen. Maya und Bruno hatten Schwimmschlangen ins Meer mitgenommen. In der einen lehnte Maya wie in einem bequemen Stuhl und rauchte im Regen eine Zigarette. Bruno in der anderen hatte ein Glas Tee mit Schnaps mitgenommen. Habibi stand am Ufer und bellte. Nachher war uns allen warm, auch an der Luft. Wir zogen uns wieder an, und während Josefine, Filippa,

Maya und Willi Tee kochten und Bruno im strömenden Regen den kaputten Mastfuß des Surfbrettes reparierte, legten Sarah und ich uns mit Habibi, den wir sorgfältig gewaschen und abgetrocknet hatten, ins Bett.

Sarah fragte, ob sie unter meiner Decke schlafen dürfe. Wir strecken die Beine unter der Decke in die Höhe und stellen uns vor, dass wir in einem gemütlichen Zelt liegen, sagte sie. Das habe sie als Kind mit ihrer Mutter so gerne getan. Habibi lag auf dem Rücken in einer winzigen Lücke zwischen uns.

Er glaubt, sagte sie, wenn er niemanden sieht, sieht ihn auch niemand. Hab ich als Kind auch immer gedacht. In dem Zelt mit meiner Mutter war ich in Sicherheit. Da es dunkel war, konnte Sarah nicht sehen, dass ich weinte.

In dieser Nacht schlief Bruno in der Küche und Sarah und Habibi bei mir im Schlafzimmer. Ich machte die ganze Nacht kein Auge zu.

Elfter Tag

Wir könnten hier doch fischen, sagte Sarah.

Sie hatte sich von Anfang an gewundert, wieso wir solche Unmengen an Nahrungsmitteln aus Österreich mitgenommen haben.

Natürlich konnte sie nicht wissen, dass wir drei Jahre lang alles versucht hatten, um Fische zu fangen. Wir hatten vom Ufer aus geangelt, vom Steg aus, vom Boot aus. Wir hatten Reusen gelegt, die wir mit Seetang getarnt hatten und mit Mais oder Käse gefüllt, wir hatten Kescher und Drahtnetze am Stab durchs Wasser gezogen und im zweiten Jahr sogar ein professionelles Fischernetz mitgenommen und mit dem Boot abends weiter draußen im Meer ausgelegt. Morgens war auch da kein Fisch im Netz gewesen. Aber beim Einholen war das Netz zerrissen. Wir konnten es auch nicht mehr richtig zusammenlegen. Willi und Bruno hatten sich lange damit abgemüht. Dabei war das Netz dann noch einmal gerissen. Maya und Bruno hatten versucht, das Netz mithilfe der Schwimmschlangen aufzurollen. Dabei war es noch mehr zerrissen, bis es schließlich ganz zerfetzt gewesen war.

Nur Sarah fing dann mit dem Kescher direkt neben dem Steg einen Drachenkopffisch. Er war viel zu klein, um ihn zu braten, hatte einen großen bunten Kopf, dicke Lippen und einen schillernden Körper. Hatte er nicht auch blaue Augen, Bartstoppeln und große Ohren? Das Maul hatte er jedenfalls weit aufgerissen. Sarah warf ihn wieder ins Wasser. Es ist noch ein Baby, sagte sie. Habibi bellte schrecklich.

Dieses Meer ist ausgefischt, sagte Bruno. Bis dann ein Berufsfischerboot in unserer Bucht ankerte. Willi und Bruno fuhren mit dem Motorboot hin und kauften zehn rosarote Fische. Sarah erkannte sie als Streifenbarben. Sie nahm die großen Fische gekonnt in einem Eimer mit Meerwasser aus. Das Wasser verfärbte sich rot. Vorsichtig holte sie Harnblase, Darm und Schwimmblase aus dem Bauch der Fische.

Über die Schwimmblase habe ich meine erste Zoologieprüfung an der Uni in Eilat abgelegt, sagte Sarah und schaute in das rot verfärbte Wasser im Eimer. Das Thema hat mich seit jeher fasziniert. Die Dichte tierischer Gewebe ist größer ist als die des Wassers. Im Wasser lebende Tiere würden untergehen, wenn sie nicht beinahe ununterbrochen schwimmen würden. Wenn es anders wäre, könnten auch wir bewegungslos im Wasser schweben. Sie schwieg eine Weile. Wir wären schwerelos wie Astronauten im Weltall, fuhr sie kurz darauf fort, unentwegt in das rot verfärbte Wasser starrend. Deshalb haben die Fische ja eine Schwimmblase. Wenn sie abtauchen wollen, müssen sie bloß Gas in die Schwimmblase aufnehmen. Beim Auftauchen müssen sie Gas aus der Blase abgeben, um nicht hochzuschnellen.

Maya und Filippa waren beeindruckt. Du musst sicher sehr viel auswendig lernen in Zoologie, sagte Filippa.

Sarah sagte, das ganze Zoologiestudium bestehe nur aus Auswendiglernen. Wenn sie sich nicht immer wieder selbst interessante Fragen stelle, würde sie verblöden.

Ich könnte mir das alles unmöglich merken, sagte Maya.

Sarah lächelte. Seit drei Jahren merke ich mir alles, was ich höre und lese, sagte sie.

Nach dem Essen gingen Sarah, Filippa und Maya noch einmal ans Meer. Sie wollten Seeigel sammeln, die anscheinend nur in der Dunkelheit hinter Steinen und Felsen hervorkamen. Maya leuchtete mit Brunos Stabtaschenlampe vom Steg den Meeresboden aus, und Sarah und Filippa schnorchelten die Felsen entlang. Sie mussten die ahnungslosen Seeigel mit einem Holzstab ruckartig von den Steinen ablösen, bevor sie sich dort festsaugen konnten und nicht mehr losließen.

Josefine und ich würfelten, während Bruno in sein Logbuch schrieb und Willi wieder seinen »Spruch des Tages« an einen Baum heftete. Er lautete: »Es gibt keine Zeit ohne Bewusstsein.«

In Berlin vor mehr als fünfzehn Jahren sind Marieluise, Noah, Sarah, mein Sohn Paul und ich eines Abends noch unterwegs. Wir kommen gerade von einem Elternabend im alternativen Kinderladen, bei dem darüber diskutiert wurde, ob die Eltern abwechselnd das Mittagessen der Kinder kochen müssen oder nicht. Marieluise und ich sind vollkommen erledigt, die Kinder hingegen sind nicht ausgelastet. Wir kommen am Spielplatz vorbei. Dort sind nicht nur Klettertürme wie im Kinderladen, sondern richtige Bäume, auf die man klettern kann. Die Kinder sind sechs und vier Jahre alt. Marieluise und ich können eine kleine Rauchpause gebrauchen.

Okay, klettert auf den Baum, wir sitzen hier auf der Bank!

Als wir uns nach zwei Zigaretten an die relative Dunkelheit am Spielplatz gewöhnt haben – merkwürdigerweise wurden hier keine Straßenlaternen angebracht –, erkennen Marieluise und ich, dass wir nicht alleine sind. In den kleinen Spielhütten vorne beim Kletterturm ist ganz schön was los. Wir hören auch unartikulierte Urlaute und blecherne Geräusche. Klar, Jugendliche, die sich unterhalten und Bier aus Dosen trinken. Oder eher: bereits viel Bier getrunken haben. Dezent rufen wir nach unseren Kindern auf dem Baum. Keine Antwort. Zwei Jugendliche sind jetzt vor die Spielhütte getreten. Das war ja klar: tätowiert, Glatze, Stiefel!

Sarah, Noah, Paul, kommt bitte vom Baum runter.

Keine Reaktion. Sie kommen nicht herunter.

Die Jugendlichen treten näher an uns heran. Na, Omas, auch mal ein bisschen spielen?

Wir, in gehobener Lautstärke: Ihr kommt sofort vom Baum runter.

Noah ruft: Wieso denn? Wir haben doch gerade erst angefangen zu spielen!

Jetzt wir in lautem, schneidendem Ton: Augenblicklich kommt ihr hier herunter!

Die Jugendlichen rücken näher, die Kinder klettern, erschreckt durch unseren herben Ton, rasch den Baum hinunter, Marieluise und ich schnappen die Kinder und hauen so schnell wie möglich ab. Marieluise ist wütend auf Sarah und Noah. Sie bleibt unter der Laterne neben unserem Lieblingscafé stehen und rüttelt Noah am Arm: Wenn ich sage, du sollst sofort kommen, dann hast du sofort herzukommen!

Noah schüttelt seine Mutter ab: Ich bin nicht dein Sklave, sagt er und macht seine riesengroßen Augen, die er immer macht, wenn er empört ist.

Es gibt Situationen, sagt Marieluise, da hängt das Leben davon ab, ob man schnell reagiert oder nicht.

Was soll uns denn auf dem Baum passieren?, fragt Paul lässig.

Das kann ich dir sagen: Irgendwelche Nazis können eure Mutter vergewaltigen und euch dann mit ihren Springmessern die Gurgel durchschneiden, sagt Marieluise. Das kommt mir etwas übertrieben vor.

Jetzt schauen uns alle drei Kinder mit riesengroßen Augen an.

Wieso Nazis?, fragt Noah.

Weil da welche waren, sagt Marieluise, die unter der Straßenlaterne sehr blass ausschaut. Ich wahrscheinlich auch.

Meint ihr die Jungs mit dem coolen Spruch?

Allerdings, sage ich: Und den Springerstiefeln!

Das waren keine Nazis, sagt Sarah.

Jedes Kind mit sechs Jahren weiß in Berlin, was ein Nazi ist. Aber die wenigsten haben je einen gesehen.

Das waren bloß Kevin und Tom vom Hort neben dem Kinderladen, sagt Noah.

Jetzt rastet Marieluise aus. Das ist mir egal, schreit sie ganz laut, wenn ich dir sage, du hast zu kommen, dann kommst du!

Die Jungs von dem Spielplatz sind uns, angelockt durch das Geschrei, gefolgt. Sie kicken jetzt die leeren Bierdosen vor sich her. Der eine, Kevin oder Tom, hält etwas im Licht der Straßenlaterne hell Aufblitzendes in der Hand.

Wir ziehen die Kinder an den Kragen ihrer Anoraks hinter uns her.

In den folgenden Wochen sprechen wir noch einige Male über die Gefahren der Großstadt und die Notwendigkeit, sich bedingungslos auf die Anordnungen von Müttern zu verlassen. Die Kinder schauen einander dabei immer mit weit aufgerissenen Augen an.

Später werde ich mich fragen, ob die Situation damals wirklich bedrohlich war oder nicht. Vielleicht waren Kevin und Tom ja tatsächlich ganz harmlose Zwölfjährige, so wie es sie in allen Großstädten der Welt gibt, die mit Zigaretten, Bierdosen und coolen Sprüchen nur angeben wollten. War unsere Reaktion hysterisch oder nicht? Hat Marieluise mich angesteckt? Vielleicht haben Jakob und sie ja damals schon überall Nazis gesehen. Vielleicht haben sie damals bereits überlegt, nach Israel auszuwandern.

Alles war damit ins Rollen gekommen, dass Jakob, der als Kommunalpolitiker tätig gewesen war, sich gegen die Verbauung eines ehemaligen jüdischen Friedhofs durch eine Supermarktkette eingesetzt hatte und deshalb Schwierigkeiten bekam. Er war aus einer Demonstration zur Erhaltung des Friedhofs ausgebrochen, nachdem er einen älteren Deutschen, der am Rande der Demonstration stand, hatte sagen hören: So sind die Juden. Sie wollen aus allem Geld machen. Selbst aus ihren Toten. Jakob hatte dem Mann ins Gesicht geschlagen. Der Fall machte in der einschlägigen Presse Schlagzeilen: Gewalttätiger Kommunalpolitiker rastet aus! Jakob hatte von seiner Partei kaum Unterstützung bekommen. Reiß dich zusammen, hatte es geheißen, so geht's jedenfalls nicht! Jakob hatte das nicht eingesehen. Wenn die Nazis immer noch ungestraft auf die Juden losgehen dürfen, hatte er erstmals gesagt, und derjenige, der sich dagegen wehrt, zum Schläger gestempelt wird, dann will ich in diesem Land nicht mehr leben. Der Konkurs seines Tourneetheaters gab dann den Ausschlag. Marieluise und Jakob wanderten mit Sarah und Noah nach Israel aus.

Zwölfter Tag

Die Jugendlichen brachten einen Eimer mit zehn Seeigeln und drei Meeresschnecken auf die Terrasse. Sie waren mit Meerwasser bedeckt und hatten sich teilweise am Boden, teilweise an den Seitenwänden des Eimers festgesaugt. Eine Schnecke versuchte aus dem Eimer zu kriechen, fiel aber immer wieder zurück. Nachdem wir eine Weile beobachtet hatten, wie sämtliche Stacheln der Seeigel im Wasser ununterbrochen in Bewegung waren wie dicke Haare, beschlossen wir, die Tiere ins Meer zurückzuwerfen. Für eine einzige Mahlzeit, sagte Sarah, brauchten wir ohnehin vierzig bis fünfzig Seeigel. Bruno begleitete Sarah. Die beiden waren der Ansicht, die Seeigel müssten wieder unter Felsbrocken und Steinen platziert werden, um zu überleben.

Erzähl mir etwas aus meiner frühen Kindheit, sagte Sarah, nachdem Bruno und sie die Seeigel wieder ausgewildert hatten, ich habe so vieles vergessen.

Kannst du dich an unsere Picknicks am Spreeufer erinnern?, fragte ich sie. Bruno saß neben uns.

Ausflüge mit Picknickkoffer, kommt mir bekannt vor, sagte Sarah.

Wir waren mit den Fahrrädern hingefahren, sagte ich.

Zuerst durch einen Park, dann auf einem schmalen Weg an einer Kleingartensiedlung entlang, Laubenkolonie haben die Berliner das genannt, dann waren wir schon direkt am unverbauten Spreeufer. Und das in nicht mehr als zwanzig Minuten von unserer Wohnung entfernt. Wie mitten auf dem Land. Mit Obstbäumen, hohem Gras, irgendwelchen Kühen in der Nähe. Dort haben wir unsere Picknickdecke ausgebreitet und alles draufgestellt, was wir mithatten. Und das war immer reichlich. Hühnerkeulen, Schnitzel, Kartoffelsalat, Gurkensalat aus dem Glas, Obst vorgeschnitten im Glas, Kuchen, Wein, für euch Kindersekt. Ihr habt diese Picknicke geliebt. Manchmal haben wir bis spätnachts dort gesessen.

Ja, jetzt erinnere ich mich, sagte Sarah. Ich dachte als Kind immer, der Platz sei extra angelegt worden zum Picknicken, so wie die Kinderspielplätze zum Spielen angelegt werden. Alles extra auf Natur gemacht, die Kühe extra hingeschafft. Die Picknickdecke war rotweiß gewürfelt.

Marieluise war damals schon besorgt um Daniel gewesen, Jakobs jüngsten Sohn aus erster Ehe. Er hatte gerade die Schule abgebrochen. Marieluise vermutete, dass er Cannabis konsumierte. Sobald die Kinder unten an der Spree außer Hörweite waren, erzählte sie mir davon. Jakob, sagte sie damals, wolle das nicht wahrhaben. Seit den Berichten in der Presse von seiner Aktion während der Demonstration gegen den geplanten Abriss des alten jüdischen Friedhofs fühle er sich überall verfolgt. Er sei überzeugt, dass Daniel in der Schule gemobbt werde.

Und, stimmt das?, fragte ich.

Könnte sein, sagte Marieluise, Daniel habe einen starken Gerechtigkeitssinn. Er lege sich deshalb mit den meisten Lehrern seiner Schule an.

An diesem Nachmittag kamen Sarah und Bruno einander näher. Bruno hatte von Anfang an bewundert, wie Sarah mühelos weite Strecken schwamm und rasch vorwärtskam, während er sich kaum von der Stelle bewegte. Was mir übrigens nie wirklich aufgefallen war, da Bruno meistens nur schwamm, wenn damit etwas Nützliches verbunden war. Um etwa eine Luftmatratze, die vom Steg ins Meer geweht worden war, einzufangen oder, wenn er beim Surfen gekentert war, mit dem Surfbrett im Schlepptau wieder ans Ufer zu gelangen. So etwas dauerte natürlich seine Zeit. Ich schwimme nicht, behauptete Bruno aber auf einmal, nachdem er Sarahs flinkes Fortkommen im Wasser Tag für Tag immer aufmerksamer beobachtet hatte, ich dümpele immer nur auf der Stelle. Nun hatte Bruno immer schon ein ambivalentes Verhältnis zum Wasser gehabt. Für einen Menschen, der viel segelte, paddelte und surfte, sehr merkwürdig. Das Wasser – allerdings ausschließlich klares, sauberes Wasser, Bruno wäre niemals in ein gechlortes Schwimmbad gegangen –, zog ihn magisch an und stieß ihn gleichzeitig ab. Im Grunde war er, wahrscheinlich geprägt durch seine Mutter, wasserscheu. Bruno hatte oft erzählt, dass seine Mutter sich immer nur bis zu den Knien ins Wasser getraut habe und ihn ununterbrochen vor den Gefahren des Schwimmens gewarnt hatte. Erst in der Pubertät lernte Bruno schwimmen. In einem Einzelkurs. An einer Leine im Schwimmbecken des öffentlichen Hallenbades. Es sei schrecklich gewesen.

Kurz und gut, Bruno wollte von Sarah schwimmen lernen. Auch Sarah war bis dahin offenbar gar nicht aufgefallen, dass Bruno nicht gut schwimmen konnte. Sie ließ ihn probeschwimmen. Dabei stellte sie fest, dass er beim Schwimmen tatsächlich beinahe senkrecht im Wasser stand, den Kopf zwanghaft herausgestreckt. Nicht im Wasser gehen, rief sie ihm von der Mole aus zu, sondern schwimmen. Du musst dich waagerecht halten! Das hatte zur Folge, dass Brunos Gesicht mit dem Wasser in Kontakt kam. Das wollte er aber nicht. Sofort stellte er sich wieder senkrecht. Sarah entschied, dass in diesem Falle die Erlernung der Kunst des Tauchens der Erlernung der Kunst des Schwimmens vorzuziehen sei. Wer taucht, schwimmt auch, entschied sie, wer den Kopf erst einmal richtig unter Wasser gehabt hat, scheut die Berührung nicht mehr. Bruno hatte aber überhaupt keine Probleme damit, seinen Kopf zum Tauchen unter Wasser zu stecken, er hatte nur Probleme damit, ihn beim Schwimmen mit Wasser in Berührung zu bringen.

Ich wechselte vom Meer zur Terrasse, trank Campari

und hörte die beiden lachen. Während die Fische ständig Schwimmbewegungen ausführen müssen, um nicht zu Boden zu sinken, kämpfte Bruno beim Tauchen gegen den Auftrieb an. Nun blieb statt dem Gesicht sein Hintern weit über der Wasseroberfläche.

Jetzt in die Senkrechte, rief Sarah, aber Kopf voran. Kräftige Schwimmbewegungen nach unten. Vor dem Abtauchen viel Luft einatmen und beim Auftauchen ausatmen!

Aber es nützte alles nichts. Brunos Hintern blieb an der Meeresoberfläche, Sarah lachte und Habibi bellte.

Diese Nacht schlief Sarah wieder im Geräteschuppen. Ich holte das Notizheft hervor.

Jerusalem, 3. September 2009

Habe eine Möglichkeit gefunden, das Ausreißen meiner Haare zu verhindern: Wenn ich es schaffe, drei oder vier Tage nichts zu mir zu nehmen, weder zu essen noch zu trinken, geht's mir besser. Auch die Labyrinthspiele lenken mich ab: Ich stelle mir vor, in einem Labyrinth gefangen zu sein, und markiere unauffällig verschiedene Stellen, um wieder zum Eingang zurückzufinden: Taschentücher an Treppengeländern, Steine auf Fensterbrettern, Brotkrümel entlang der Straße. Ich darf nur nichts berühren. Ist manchmal schwierig, wenn ich eine Tür öffnen müsste. Da warte ich dann, bis jemand kommt und sie aufmacht. Am schwierigsten: Niemand darf etwas merken. Ich versuche auch, mit dem rechten Fuß keinesfalls auf die Verbindungslinie zweier Pflastersteine zu treten. Auf einen Kanaldeckel zu steigen bringt hingegen Glück. Ich darf keinen Kanaldeckel auslassen.

Jerusalem, 27. September 2009

Morgen ist Jom Kippur. Ich habe Angst. Überall werden Menschen in weißen Leichenhemden herumlaufen. Ich muss die Regeln verschärfen: Kein Bein über dem anderen, die Finger nicht verschränken, den Daumen nicht benutzen, den Kopf nur mit dem ganzen Körper nach links und rechts bewegen, auf der Straße geradeaus gehen, keine Kurven.

In der Schule kichern sie schon.

Jerusalem, 6. Oktober 2009

Heute ist Jahrestag! Ruben hat das Kaddisch am Grab gesprochen.

Überall am Friedhof waren Linien auf dem Boden, die ich nicht berühren durfte.

Jerusalem, 15. Oktober 2009

Es ist so anstrengend. Ich gehe nicht mehr zur Schule. Ich kann nicht mehr weiterschreiben.

Jerusalem, 20. Oktober 2009

So viele Tabletten.

Hadassah, 25. Oktober 2009

Intensivstation. Noah!

Hadassah, 28. Oktober 2009

Müde. Tabletten? Fühle nichts.

Hadassah, 18. November 2009

Ich habe jetzt einen neuen Psychiater. Er hält meine Hand und will wissen, was für Stimmen ich gehört habe, was die Stimmen wollten? Ich hab keine Stimmen gehört. Hab's nur geschrieben wegen der Brüder. Wegen der Schuld. Will nicht schuld sein an meinem Tod. Ich weiß nicht, ob sie mir glauben. Ist mir auch egal. Es ist ein Teil in mir. Auf der Intensivstation hab ich mich mit einem Kranich unterhalten. Der war die ganze Zeit bei mir. Das sage ich aber niemandem.

Hadassah, 22. November 2009

Ich kann wieder aufstehen und herumgehen. Will wissen, was mit mir los ist. Der Junge mit der Tätowierung ist auch wieder (immer noch?) hier. Habe mich mit ihm unterhalten. Er heißt Moshe. Sein Vater (Alkoholiker) hat seine Mutter umgebracht. Seine Diagnose lautet: Schizophrenie. Er sagt, er wird mich beschützen, wenn mich jemand beleidigt. Ich muss wissen, wie meine Diagnose lautet. Worauf will man mich festlegen?

Bin in der Mittagspause in das Zimmer meines Psychiaters geschlichen. Die Tür war angelehnt. Wahrscheinlich war er essen. Meine Krankenakte lag auf einem Stapel auf seinem Schreibtisch. Gleich zuoberst. Ich habe die ersten Seiten mitgenommen. Das Wesentliche habe ich schnell abgeschrieben. Es ist für mich überlebenswichtig, zu wissen, was sie über mich denken.

»Sarah W. wurde am 21.10.2009 infolge eines Suizidversuches (Überdosis verschiedener Medikamente) in die Intensivstation unseres Krankenhauses eingeliefert. Ihre Probleme (komplexe posttraumatische Belastungsstörung, dissoziative Amnesie, Trichotillomanie, rezidivierende depressive Störung) sind uns durch drei vorhergehende Aufenthalte bekannt. Der Suizidversuch fand im ehemaligen Schlafzimmer der Eltern statt. Sarah wurde zufällig von ihrem Halbbruder, dem Erziehungsberechtigten Ruben W., gefunden. Sie war sich zur Tatzeit keines direkten Anlasses ihres suizidalen

Tuns bewusst, nimmt aber im Nachhinein an, dass er in Zusammenhang mit dem vierzehn Tage zurückliegenden Jahrestag der Ermordung ihrer Eltern und dem Tod ihres Halbbruders stand. Sie habe sich an diesem Tag »in ihrer Haut« nicht wohlgefühlt, was sich im Laufe des Tages gesteigert habe. Sie habe sich insgesamt vier Mal große Haarbüschel ausgerissen und die Wunden mit Salz und Essig eingerieben, habe aber dadurch im Gegensatz zu vorhergehenden Selbstverletzungen keine Erleichterung erfahren. Infolge der Kahlstellen auf ihrem Hinterkopf habe sich im Gegenteil ihre Stimmung nochmals drastisch verschlechtert. Sie habe befürchtet, ihre Selbstverletzungen nun endgültig nicht mehr vor ihren Brüdern verbergen zu können. Deshalb habe sie mit ihren gesamten Medikamenten – die sie teils unter ihrer Matratze gesammelt, teils im Zimmer ihres Halbbruders gefunden habe, der sie im Kleiderschrank vor ihr versteckt habe – das ehemalige Schlafzimmer ihrer Eltern aufgesucht, das üblicherweise niemand betrete. Dort sei ihre Stimmung nach kurzer Zeit vollständig verfallen. Sie habe nur noch sterben wollen, aber aus Rücksicht auf ihre Brüder das Schlucken der Medikamente lange hinausgezögert.

Sarah W. hat offenbar große Sorge um das Wohlergehen der Brüder, die sich, ihrer Aussage zufolge, rührend um sie bemühten. Vor allem dem jüngsten Bruder, Noah W., will sie alle Aufregung ersparen. Deshalb habe sie auch einen Abschiedsbrief geschrieben, in dem sie behauptete, imperativen Stimmen gehorcht zu haben, die ihr den Suizid befahlen. Die Patientin drängt immer wieder darauf, ihre Brüder nicht von ihren Selbstverletzungen in Kenntnis zu setzen. Sie bittet die für sie zuständige Krankenschwester mehrmals inständig darum, ihr, sobald die Wunden verheilt sind, einen Friseurbesuch zu ermöglichen, weil sie die kahlen Stellen unter einer Lockenfrisur zu verbergen hofft.«

Jetzt kann ich die Blätter nicht mehr zurückbringen, weil der Psychiater wieder im Zimmer ist. Er hat einen Patienten. Hoffentlich bemerkt er nichts. Nach jedem Patienten holt er sich Kaffee. Das werde ich ausnutzen.

Hadassah, 24. November 2009

Muss über alles gründlich nachdenken. Die für mich zentrale Diagnose lautet: posttraumatische Belastungsstörung. Warum machen sie keine Traumatherapie mit mir? Werde den Psychiater fragen.

Hadassah, 12. Dezember 2009

Chanukka. Ruben, Ariel und Noah haben eine Chanukkia gebracht, wir haben sie ins Fenster gestellt und nach Einbruch der Dunkelheit das erste Licht angezündet. Noah hat mit Ariel Latkes gemacht und in Tupperdosen mitgebracht. Kein Wort über den Selbstmordversuch. Sie sind so lieb!

Hadassah, 14. Dezember 2009

Versuche, die Zeitlöcher des fast vergangenen Jahres zu füllen. Was war wann? Auch mein Kliniktagebuch hilft mir nicht viel weiter. Nur so viel ist rekonstruierbar: Ich war den ganzen Sommer im Hadassah. Es muss fürchterlich heiß gewesen sein! Auf der Skala meiner Befindlichkeit von eins bis zehn steht fast täglich sieben, zweimal steht neun. Es stehen viele Namen von Mitpatienten da, an die meisten erinnere ich mich nicht. Die letzte datierte Eintragung stammt vom Tag meiner Entlassung am 17. August 2009. Da steht: »Ich habe solchen Hunger!« An diesem Tag sind wir laut Noah sofort ans Rote Meer gefahren. Ab da gibt es – merkwürdigerweise im Kliniktagebuch, mein zweites Tagebuch hatte ich offenbar vergessen – nur noch ein paar undatierte Eintragungen: »Ruben hat beim Militär gekündigt, damit er sich besser um uns kümmern kann. Noah hat gesagt, er wird komisch. Damit meinte er: religiös.« »Befindlichkeit: 120« »Ruben ausgetrickst. Tabletten unter der Zunge versteckt. Sammle sie unter der Matratze.« »Befindlichkeit 290.« »Gehe nicht mehr in die Schule.«

Hadassah, 16. Dezember 2009

Ruben, Ariel und Noah kommen jeden Tag eine halbe Stunde. Wegen Chanukka? Egal warum. Noah versucht mich aufzuheitern. Er will Astronaut werden.

Der Psychiater kommt jetzt auch täglich. Er sagt, die Tabletten werden wieder umgestellt. Irgendwas habe ich nicht verstoffwechselt (??).

Hadassah, 19. Dezember 2009

Der letzte Tag von Chanukka. Jetzt brennen alle acht Kerzen. Noah ist ganz besessen von seiner Idee, später einmal Astronaut zu werden. Er sagt, das ist der gefährlichste Beruf überhaupt. Nicht wegen der Technik, die Raketen würden sowieso immer besser, sondern wegen der Schwerelosigkeit. Die Astronauten hätten aufgedunsene Gesichter, weil das Blut nicht nach unten fließe, das Herz schlage langsamer, die Beine würden dünner, die Muskeln verkümmerten, sogar die Knochendichte nehme ab. Stell dir vor, hat Noah gesagt, als ob mich das aufmuntern müsste, sogar die Konzentration lässt nach, du verstehst nicht mehr ganz, was andere zu dir sagen, Bücher bleiben dir ein Rätsel. Manche sehen sogar echte Gespenster, mit denen sie lange sinnlose Gespräche führen.

Wenn alles anders funktioniert als vorher, hat Noah

gesagt, verlierst du die Maßstäbe. Du kannst nicht mehr vergleichen. Alles schwebt davon und unendlich dahin. Es gibt keine Begrenzungen mehr. Es ist ein Sog, der dich dorthin zieht, wo nichts mehr ist. Und solltest du trotzdem auf ein Hindernis stoßen, auf einen fremden Stern, einen dahinrasenden Meteoriten, oder solltest du in wirbelnde Spiralnebel geraten, dann ist es gleich für immer. Deshalb müssen sie dich am Bett festbinden in der Nacht, und für den Fall, dass jemand durchdreht, ist immer eine Spritze im Kühlschrank. Manche kehren nie wieder ganz zurück. Nur der Körper kehrt zurück, aber selbst der ist beschädigt. Die Knochendichte ist für immer beeinträchtigt. Die Gedanken bleiben oft in der Schwerelosigkeit zurück und schweben dort ins Nichts.

Ruben und Ariel haben gelacht.

Mich hat es wirklich getröstet.

Aber ich muss wieder gesund werden. Wegen Noah.

Hadassah, 30. Januar 2010

Viel besser. Die Tage überschneiden sich nicht mehr. Auch Morgen, Mittag und Abend nicht. Alles ist strukturiert. Ich glaube, der Psychiater mag mich. Er hat mir ein Vogelbuch geschenkt.

Heute haben wir über Gehirnfunktionen gesprochen. Ich habe gesagt, dass ich gelesen habe, dass die Großhirnrinde höchstwahrscheinlich die Wahrnehmungssignale gar nicht direkt von den Sinnesorgangen bekommt, sondern von stammesgeschichtlich älteren Hirnarealen, die ihrerseits Signale von den Sinnesorganen erhalten und verarbeiten. Das würde bedeuten, dass die Großhirnrinde bereits verarbeitete Signale verarbeitet und dass damit unsere ganze Wahrnehmung hirninterne Muster abbildet und nicht die Außenwelt. Der Psychiater hat zögerlich genickt. Dann wollte er wissen, was das für mich bedeutet. Ich glaube, ich habe so halbwegs erklären können, was meine Zwangshandlungen bedeuteten: Es sind großartige Muster, Ornamente, die mich schützen. Alle Lebewesen suchen Muster.

Hadassah, 31. Januar 2010

Heute haben sie einen Intelligenztest mit mir gemacht. Die Psychologin behauptet, der plötzlich außergewöhnlich hohe Quotient sei durch die vorhergehenden Tests erklärbar. Ich sei einfach testerprobt. Ich erinnere mich an keine Intelligenztests. Aber sie zeigt mir tatsächlich die Ergebnisse zweier vorhergegangener Tests. Da wurde ich gerade noch als durchschnittlich intelligent eingestuft. Idioten! Zuerst dröhnt man mich offenbar so mit Tabletten zu, dass ich nicht einmal meine Mitpatienten erkenne, und dann schleppt man mich zu Intelligenztests, die mir Dummheit bescheinigen. Ich werde mich beim Psychiater beschweren.

Hadassah, 2. Februar 2010

Ich habe ein solches Glück mit diesem Psychiater. Er hat zugegeben, dass das Therapiekonzept der Klinik bis jetzt ausschließlich auf Konsolidierung und Stabilisierung meines Zustandes ausgerichtet war. Dass sich aber mein Zustand möglicherweise nicht stabilisieren kann, wenn das Trauma unbearbeitet bleibt. Wir sind übereingekommen, jetzt endlich in die Vorbereitungsphase der Traumakonfrontation einzusteigen.

Dreizehnter Tag

Es war ein Uhr mittags. Ich hatte elf Stunden geschlafen. Als ich aufwachte, wusste ich zunächst nicht, wo ich war. Ich schien allein zu sein. Jedenfalls hörte ich keine Stimmen vom Haupthaus, und am Meer war auch niemand. Mir war es recht. Ich war ganz steif vom langen Liegen in dem weichen Bett und stakste durch die Küche wie eine Achtzigjährige. Auch die Hände waren steif. Der ganze Leib tat mir weh. Kopfschmerzen hatte ich außerdem. Am Türrahmen hing ein neuer »Spruch des Tages«: »Siehe, ich habe heute vor dich gestellt das Leben und das Gute, den Tod und das Böse – und du sollst das Leben wählen.« (Fürsprachegebet zu Jom Kippur)

Ich setzte mich mit einer Tasse Kaffee auf die hintere Terrasse, mit dem Rücken zum Haus, und schaute in den verwilderten Garten. Zwischen Ohrenkakteen lagen rostige Pfannen und Dosen. War mir vorher nie aufgefallen. Ich versuchte den Garten ohne Lidschlag so lange anzustarren, bis er vor meinen Augen verschwimmen würde. Es gelang. Dann zoomte ich ihn wieder heran und suchte nach Mustern. Ich fand Vierecke und Rechtecke. Offenbar hatte man früher versucht, hier einen Gemüsegarten anzulegen. Jetzt erkannte ich auch, dass der Garten terrassiert worden war. Ohne regelmäßige Bewässerung war er wahrscheinlich mit der Zeit verwildert, Erde war abgerutscht. Ich stellte mir vor, für immer auf dieser Insel zu wohnen und den Garten wieder zu kultivieren. Salat anzupflanzen, Brokkoli, Kartoffeln. Man könnte hier auch Hühner halten, ein paar Schafe, Ziegen. Vielleicht sogar ein Pferd. Wein anbauen. Kirschbäume und Pfirsichbäume ziehen. Alles nur eine Frage der Bewässerung. Nach getaner Arbeit würden Bruno und ich auf der vorderen Terrasse sitzen und aufs Meer schauen. Ich würde Marmelade einkochen, und Bruno würde sich an dem alten Fischerboot zu schaffen machen, das wir gekauft hätten, um ans Festland fahren zu können.

Ich hätte keine Termine mehr, müsste keine Lesungen halten, keine Schreibwerkstätten. Kein Stöbern mehr in irgendwelchen menschlichen Abgründen. Keine Angriffe von den Menschen, die mir lieb sind und denen ich immer schon zu nahe getreten bin mit meiner Literatur. Mein einziges Talent war von jeher das Erkennen von Mustern im Alltäglichen, die Kaffeeflecken auf der weißen Sonntagstischdecke und die Milchkännchen und Zuckerdose, die meine Mutter daraufgestellt hatte, um sie zu verdecken. Die Gräben, die entstehen, wenn der Löffel das Müsli teilt, und wie sich die zähe Masse hinter dem Löffel unerbittlich wieder schließt. Über den Tod meines Vaters hatte ich drei Tage nach seinem Begräbnis zu schreiben begonnen, meine Mutter war noch nicht einmal tot, als ich ihr Sterben beschrieb. Durfte ich das? Darf man das?

Es hat Zeiten gegeben, da habe ich alle Schriftsteller beneidet, die ihre Existenz hinter Erfundenem verbergen konnten. Hinter Strukturen, komplizierten Handlungsgebäuden, Geschichten. Das ist längst vorbei. Die Muster, die wir erkennen, sind immer die Muster, die wir bereits gesucht haben. Als Beweis gilt uns, wenn eine von uns vorausgeträumte Hypothese bestätigt wird. Das hat nichts mit Objektivität zu tun, wahrscheinlich nicht einmal mit der Wirklichkeit. Ich bin wie ich bin, in meinem eigenen Netz gefangen wie Sarah in ihrem. Warum hat sie mir ihr Krankentagebuch zu lesen gegeben? Hat sie es mir gegeben, weil sie darüber sprechen will, oder hat sie es mir ganz im Gegenteil deshalb gegeben, weil sie nicht darüber sprechen kann? Ich weiß es nicht. Ich werde ihr nicht zu nahe treten. Oder wäre das nun der Moment, alles umzukehren und zu sprechen statt zu schreiben?

Die Vorstellung vom Inselleben kam mir inzwischen lächerlich vor. Hier war etwas ganz anderes gefragt, als meinen Träumen nachzuhängen. Vielleicht war meine ganze Existenz gefordert, vielleicht nur ein paar Worte, vielleicht nur die Kraft, zuhören zu können. Die Kraft schien mir das Hauptproblem zu sein. Ich war trotz des langen Schlafens immer noch müde. Es war eine tiefe Müdigkeit, die in jedem Muskel, jedem Nerv, jeder Zelle meines Körpers zu hocken schien. Eine Universalmüdigkeit, eine Lebensmüdigkeit. War das nicht schon immer so gewesen? War ich nicht spätestens seit der Pubertät unendlich müde? Ich erinnere mich, dass meine Mutter oft gesagt hat, ich solle nicht immer so herumhängen: Brust raus, Bauch rein! Habe ich mich nicht mehr oder weniger bloß durch mein Leben geschleppt?

Da kam mir mein leidiger Hang zu Selbstvorwürfen ausnahmsweise einmal entgegen. Ich warf mir vor, eine egoistische, wehleidige, schlaffe, undisziplinierte, selbstmitleidige, empathielose Heulsuse zu sein, die angesichts der geringsten Anforderungen von außen zusammenbricht. Ekelhaft! Ich dachte an all die tapferen Helden, die mit Faltbooten während der Winterstürme um Kap Hoorn paddeln, auf Skiern die Antarktis überqueren, den Himalaya besteigen, mutterseelenallein die Welt umsegeln und sich dabei eine abgerissene Fingerkuppe ohne Betäubung mit einfachem Zwirn und Nadel wieder annähen. Was ich jetzt brauchte, entschied ich, war harte Arbeit. Ich wusch das gesamte Geschirr des Vortages ab, holte vier Zehnlitereimer Meerwasser zum Klospülen, reinigte die Küche im Haupthaus und kehrte beide Terrassen. Dann nahm ich eine eiskalte Outdoor-Dusche aus der Zisterne, wobei mir zum ersten Mal auffiel, dass das Motorboot nicht an der Mole angebunden war. Ich buk einen Kuchen, deckte den Tisch und bereitete starken schwarzen Tee zu. Damit setzte ich mich auf die Meeresterrasse und hielt Ausschau nach dem Motorboot.

Unsere Inseltruppe kam erst um fünf Uhr nachmittags wieder zurück. Ich sah das Boot schon von Weitem. Es lag tief im Wasser. Maya und Filippa krochen auf allen vieren an Land, Josefine wurde von Willi gestützt, der sich ebenfalls kaum mehr auf den Beinen zu halten schien. Nur Bruno und Sarah sprangen leichtfüßig ans Ufer. Alle anderen schleppten sich zur Terrasse wie auf eine Rettungsinsel im offenen Meer und lagen schließlich mehr in den Sesseln als sie saßen. Filippa und Josefine hatten jeweils einen starken Sonnenbrand im Gesicht und auf den Schultern, Willi hatte Blasen auf den inzwischen nackten Füßen, und Maya trank auf der Stelle die Flasche Mineralwasser leer, die ich neben Kuchen und Tee ebenfalls auf den Tisch gestellt hatte.

Bruno berichtete schließlich, dass sie einen der unserer Insel gegenüberliegenden kahlen Hügel bestiegen hätten, um über einen Kamm und eine Schlucht auf die andere Seite des Sattels zu gelangen. Von dort hätten sie einen fantastischen Rundblick über den gesamten Archipel gehabt. Leider hätten sie sich dazu zu spät entschieden, seien erst in der Mittagszeit aufgebrochen und darum in der größten Hitze aufgestiegen, noch dazu blindlings, weil es da drüben keine Wege gebe. Josefine berichtete von Schluchten, die sie durchklettert hätten, Maya von mannshohen Felsen, die es zu überwinden gegolten habe. Etwas Ähnliches, sagte sie, habe sie nur während einer vierwöchigen erlebnispädagogischen Therapie in der Steinwüste der Westsahara erlebt. Während sie erzählten, aßen sie alle, außer Sarah, ununterbrochen Kuchen, so dass ich nur noch ein letztes Stück abbekam. Sie hätten den Aufstieg unterschätzt, sagte Bruno, von unten habe alles ganz nahe ausgesehen und das Gelände nicht besonders schwierig. Außerdem hätten sie zu wenig zu trinken mitgehabt. Willi, der seine Blasen versorgte, sagte, es habe sich aber trotzdem gelohnt, jenseits des Inselrückens, sagte er, lägen unzählige kleinere Inseln wie Perlen im Meer. Erst jetzt fiel mir auf, dass sie Habibi nicht dabeihatten.

Wieso, sagte Sarah, wir haben ihn extra hiergelassen. Wegen der Hitze.

Gibt's doch gar nicht! Ich hätte Habibi auf jeden Fall sehen müssen.

Sarah rief seinen Namen, pfiff und schnalzte mit der Zunge. Nichts. Das war untypisch. Pfiff Sarah oder rief seinen Namen, schoss Habibi normalerweise augenblicklich aus undurchdringlichem Dickicht hervor oder sprang bellend von seinem Liegestuhl oder sonst einem gemütlichen Ruheplatz auf. Kam jedenfalls sofort. Auch dass er nicht beim geringsten Motorengeräusch an die Mole gelaufen war, um Sarah wild zu begrüßen, war auffällig. Sobald sich einer von uns auch nur ein Stück von den Häusern entfernt hatte und dann zurückkam, bellte Habibi üblicherweise wie verrückt und begrüßte den- oder diejenige wie einen lange vermissten Freund. Er musste weggelaufen sein. Wir sprangen alle auf, um Habibi zu suchen. Josefine und Willi suchten in den verwilderten Gärten hinter den Häusern, Maya und Filippa im Gestrüpp hinter den Badefelsen,

Bruno machte sich gar auf den Weg zur nächsten Bucht. Ich sah Habibi schon auf dem Meer schwimmend auf der Suche nach Sarah, oder wie er im unwegsamen Gelände mit gebrochenem Bein hockte und winselte. Sarah suchte unter Büschen und in schwer zugänglichen Ecken und Verschlägen. Sie sagte, dass er sich gerne dorthin verkrieche, wenn er gekränkt sei. Und nicht mitgenommen worden zu sein, habe ihn zweifellos gekränkt. Nichts. Sarah hatte bereits Tränen in den Augen. Schließlich fand sie ihn zufällig in ihrem Bett im Geräteschuppen unter der Bettdecke, als sie Hundespielzeug suchte, um ihn anzulocken. Nur die Spitze seiner Schnauze schaute hervor. Er musste dort den ganzen Tag gelegen haben, während ich nach dem Schlafen und Aufstehen mein Frühstück bereitet, geputzt, gekocht und gebacken hatte und die Inselgruppe zurückgekommen war und nach ihm gesucht hatte. Als er Sarah sah, schüttelte er die Bettdecke ab, jaulte und wedelte, sprang an Sarah hoch, schleckte ihre Hand ab, legte sich auf den Rücken und ließ sich den Bauch kraulen. Dann lief er zu seinem Wasser- und Futternapf und trank und fraß alles leer. Er hat geglaubt, ich hätte ihn allein auf der Insel zurückgelassen, sagte Sarah. Habibi wedelte mit dem ganzen Körper und bellte. Er wollte jetzt offenbar spazieren gehen, lief immer wieder zum Gartentor und zurück. Da sich niemand mehr imstande sah, auch nur ein paar Meter zu Fuß zu gehen, bot ich mich an. Allerdings glaubte ich nicht daran, dass Habibi ohne Sarah mit mir käme. Aber offenbar genügte es ihm, Sarah wieder auf der Insel zu wissen. Er lief sofort, eifrig am Boden schnobernd, vor mir her.

Der Trampelpfad am Meer entlang war bequem. Der Hund und ich mussten kaum auf den Weg achten, der gut ausgetreten war. Habibi, der an sich gerne im seichten Wasser planschte, ging nie freiwillig im Meer schwimmen. Ab und zu trug Sarah ihn ein Stück ins Wasser und setzte ihn vorsichtig ab. Er paddelte dann so schnell er konnte ans Ufer, schüttelte sich ausgiebig und rannte immer wieder vom Meeresufer zum Haupthaus und zurück. Bis er trocken war. Dann legte er sich eine Weile weit weg vom Ufer ins Gebüsch. Aber das Meer reizte ihn. Immer wieder versuchte er, bis zu den Knien ins Wasser zu gehen oder einen Schluck zu nehmen, aber auch an seichten Stellen rutschte er an Felsen ab, und das Salzwasser schmeckte ihm ganz und gar nicht. So bestand der erste Teil unserer Wanderung zur nächsten Bucht für Habibi hauptsächlich darin, zum Wasser zu laufen, wieder auf den Weg zurück und wieder zum Wasser. Er war ja ausgeruht. Als wir die nächste Bucht erreicht hatten, war sein erstes Ziel die alte Feuerstelle, an der er in den ersten Tagen unseres Inselaufenthaltes einen alten Knochen gefunden hatte. Ich blieb auf den flachen Felsen sitzen und wartete, bis Habibi genug hatte von seiner diesmal erfolglosen Knochensuche. Er ging dann noch einmal bis auf Kniehöhe ins Wasser. Hier war keine Gefahr des Aus- oder Abrutschens auf steilen Felsen. Ganz sanft führte ein Kiesstrand in eine kleine, türkisfarbene Meeresbucht. Habibi legte sich ins Seichte und kühlte seinen Bauch. So erfrischt und in meinem Fall ausgeruht, machten wir uns an den kurzen Aufstieg zur Hochebene. Ein steiler Pfad, links und rechts Felsen, Kräuter, Büsche mit leuchtend roten Beeren, gelbe und dunkelblaue Disteln. Nachdem der Anstieg erst einmal bewältigt war, erreichten wir kultivierte, immer wieder von Steinmauern durchzogene Olivenhaine. Hier mussten wir selbst unseren Weg finden. Hinweise waren Lücken in den Steinmauern. Zwischen den Olivenbäumen standen vereinzelt Feigenbäume, von denen ich frische Feigen pflückte. Habibi bekam bei jeder Feige, die ich aß, einen Hundekeks der ganz kleinen Sorte, die ich stets in meiner Jackentasche herumtrug. Sobald wir an die zwanzig verschiedene kleine Olivenhaine durchquert hatten – die jeweiligen Besitzer kommen im Frühjahr mit ihren Booten und pflügen die Erde rund um die einzelnen Olivenbäume und dann wieder im Spätherbst, um zu ernten –, erreichten wir den Gipfelweg auf einen Hügel, dessen Spitze vorwiegend aus großen unwegsamen Felsen bestand. Wir hielten uns unterhalb, um zu einer alten Ruine zu kommen, an deren Längsseite der relativ ebene Weg am Grat der Insel beginnt. Vor der Ruine – wahrscheinlich ursprünglich ein Stall für Schafe – steht der mächtigste Feigenbaum der ganzen Insel. Er ist, das sieht man an einigen bereits kahlen Zweigen, schon alt, hat aber die dicksten und süßesten Feigen überhaupt. Habibi, der bereits vorgelaufen war, blieb hier sitzen. Wir machten eine kleine Rast, ich aß ein paar der weichen süßen Feigen, und Habibi schnüffelte in den Ruinen herum, als gäbe es dort noch Schafe und Lämmer aufzustöbern. Bruno und ich hatten immer mal in dem alten Stall, hoch über zwei Meeren, übernachten wollen, aber wir haben es nie geschafft, nach dem üblicherweise dreigängigen Abendmenü und dem dazu servierten Wein noch einmal mit unseren Stirnlampen aufzubrechen.

Nach unserer Rast begann der Weg zwischen Blumen und Kräutern – dazwischen niedrige Sträucher, die mich an Latschen erinnerten – auf dem Grat der Insel, der irgendwann an der Südspitze der Insel endet, wo eine Marina sein soll. Bruno und ich hatten uns auch immer wieder vorgenommen, eines Tages um vier Uhr früh aufzustehen, zu dieser Marina zu wandern, dort zu frühstücken und dann zu unserem Haus zurückzukehren – das alles müsste wegen des Auf und Ab zwischen den Hügelkuppeln und des insgesamt doch recht unwegsamen Geländes in acht oder neun Stunden zu bewältigen sein –, hatten aber auch dieses Vorhaben nie realisiert.

Während Habibi und ich den Grat entlanggingen, Habibi stets weit voraus, begann der schönste Teil der Wanderung. Hier ist die Insel schmal, links und rechts Meer, das sich in der Ferne zunehmend im Dunst verliert. Die Luft darüber zittert. Die Gerüche werden eindringlicher, besonders der Geruch von Salbei. Die Farben nehmen in der Nähe an Leuchtkraft zu und verblassen in der Ferne, die Wahrnehmung pflückt Details aus der Umgebung, einzelne Gräser riesengroß, verschiedene Dornen offenbaren ihre jeweils einmalige Form, der Blick verliert sich in den Blättern eines Baumes und verschlingt gleichzeitig das Ganze, bis es das eigene Innere durchdringt. Dort breitet sich Traurigkeit aus. Keine verzweifelte Traurigkeit, sondern eine so tiefe, ruhige, gleichmäßige Traurigkeit, dass sie schon wieder an Glück erinnert.

Spätestens nach ein- oder zweihundert Metern auf der Gratwanderung zwischen den beiden Meeren mussten Habibi und ich umdrehen. Der Sonnenuntergang kündigte sich an, bald würde die Sonne in irgendeinem atemberaubenden Abgrund verschwinden, und wir mussten uns beeilen, um nicht in die im Süden stets rascher einfallende Dunkelheit zu geraten, die uns Fallen aller Art in Form von Steinen, Felsen, Schluchten, Dornengestrüpp und verschlungenen Pfaden in Aussicht stellen würde. Es war wie eine Rückkehr ins Leben. Blätter, Büsche, Dornen, Gräser, Felsen setzten sich wieder zu einer einzigen Landschaft zusammen. Ich hatte Hunger. Wir trafen im letzten Moment vor der Dunkelheit bei unseren Häusern ein. Die Vorspeisen und der Wein standen schon auf dem Tisch. Die Sundowner hatten bei den Freunden bereits ihre Wirkung getan. Sarah erklärte, dass heute Jom Kippur, der Versöhnungstag und höchste jüdische Feiertag, sei. Sie hatte bis jetzt verschwiegen, dass sie den ganzen Tag gefastet hatte. Nicht aus religiösen Gründen, wie sie betonte, sondern nur zur Erinnerung. Jetzt langte sie ordentlich zu. Wir alle aßen, tranken, rauchten, spielten, redeten, wie man zu Hause ganz selten isst, trinkt, raucht, spielt oder redet bis spät in die Nacht hinein. Bruno blieb bei uns sitzen. Die Grillen zirpten, die Wellen rauschten, die Gespräche erreichten eine neue Dimension. Willi, der sich, wie er selbst sagte, aufgrund seines Alkoholkonsums bereits im Stadium einer Seegurke befand, versuchte, von einem Dokumentarfilm über Pädophile zu erzählen, den er einmal gedreht hatte. Aber außer dass der schlimmste Pädophile himmelblaue Augen gehabt habe, brachte er nichts heraus. Josefine, die ihm einen Arm um die Schultern gelegt hatte, erzählte daraufhin von einem jungen Sexualstraftäter in der Forensik, der, als er eingeliefert worden war, außergewöhnlich gut aussehend gewesen sei: schlank, zartes, sensibles Gesicht, lange blonde Locken, und der nach nur einem Jahr in der Forensik vollkommen verfallen sei: aufgedunsen, fettige Haare, erloschene Augen. Es schmerze sie immer, sagte sie, wenn sie erfahren müsse, dass der Preis der Triebbeherrschung bei manchen Menschen so hoch sei. Ja, sagte Maya, jedes Beruhigungsmittel nimmt dir die Lebenslust. Aufputschmittel auch, sagte Filippa, der Film läuft dann zu schnell ab. Josefine sah Filippa an: Nimmst du Aufputschmittel?, fragte sie schroff. Na ja, sagte Maya, nachdem wir sie alle eine Weile schweigend angesehen hatten, ab und zu halt! Da rastete Josefine aus. Tablettenmissbrauch, sagte sie, sei absolut das Letzte. Höchste Suchtgefahr, ruinöse Auswirkungen auf die Gesundheit, Persönlichkeitsveränderungen, Zerstörung des zentralen Nervensystems, schleichende Destabilisierung, erhöhte Aggressivität und so weiter und so fort. Ob Florian ebenfalls Aufputschmittel nehme? Ab und zu, sagte Filippa kleinlaut. Josefine, die niemals Tabletten nahm und außer einem Glas Aperol Spritz oder Bier mit Limonade vermischt auch kaum Alkohol trank, sprang auf und warf dabei ihren Stuhl um. Nicht in meinem Haus, rief sie, und nicht mein Sohn. Sie hatte sogar die Fäuste geballt. Dabei wohnten Filippa und Florian gar nicht bei Florians Eltern. Wir versuchten alle, Josefine zu beruhigen. Willi stellte in Zeitlupe den umgeworfenen Stuhl wieder auf. Maya zündete eine Zigarette an und reichte sie ihrer Mutter. Ist ja nur ab und zu, sagte Bruno, der ansonsten ebenfalls strikt gegen Tabletten war. Besser als Drogen, sagte ich unpassenderweise. Josefine setzte sich wieder. Sie wirkte jetzt erschöpft. Mir ist die Esserei hier einfach zu viel, sagte sie mit Tränen in den Augen. Jeden Tag drei Gänge, ich halte das nicht mehr aus. Und die Putzerei auch nicht. Und dann muss man sich noch sagen lassen, sagte sie in Mayas Richtung, das Klo sei ungeputzt. Sie lehnte sich an Willis Brust. Ich bin halt nicht mehr zwanzig, sagte sie jetzt ganz sanft, aber deshalb nehme ich noch lange keine Aufputschmittel. Willi streichelte ihr über den Kopf. Alles wird gut, lallte er, und Josefine lächelte.

Kurz bevor wir schlafen gingen, fiel Maya noch ein Spiel ein. Jeder sollte auf einem Zettel drei Lieblingstiere nennen. Und in Stichworten seine Wahl begründen. Nachdem wir alle unsere drei Lieblingstiere plus Begründung aufgeschrieben hatten, sagte Maya, das Tier, das wir als erstes genannt hätten, sei, wie wir selbst gerne sein wollten, das zweite Tier sei, wie uns die anderen sähen, und das dritte Tier sei, wie wir wirklich seien. Das Ergebnis war für jeden von uns verblüffend nachvollziehbar. Wir lasen uns natürlich gegenseitig unsere Lieblingstiere und ihre Eigenschaften in der angegebenen Reihenfolge vor. Brunos Lieblingstiere waren – in der Reihenfolge – der Adler (frei), der Bär (stark) und der Tiefseefisch (unsichtbar), Josefines der Elefant (kräftig), der Kolibri (bunt) und das Kamel (zäh, stolz), Willis das Schwein (sensibel), der Pudel (klug) und der Biber (subversiv), Filippas die Kobra (gefährlich), das Chamäleon (anpassungsfähig) und der Wolf (einsam), Sarahs der Delfin (gesellig), die Gazelle (schnell) und der Kranich (klug). Meine Lieblingstiere waren übrigens der Luchs (schlau), der Esel (stur) und der Steinbock (genügsam).

Habibi bekam von unseren Aktivitäten gar nichts mehr mit. Er schlief erschöpft in seinem eigenen kleinen Liegestuhl, den die Italiener, die vor uns auf der Insel gewesen waren, zurückgelassen hatten. Ab und zu seufzte er oder jaulte, und seine Beine zuckten, als liefe er im Traum hinter einem Schaf aus sehr alten Zeiten her.

Vierzehnter Tag

Am nächsten Tag fragte mich Sarah, ob sie mir wieder etwas zeigen dürfe. Sie habe meinen Rat befolgt und erstmals eine Kurzgeschichte geschrieben. Also eigentlich sei es ja eine Art Märchen.

Normalerweise hasse ich es, wenn ich Geschichten von Laien lesen soll. Erst recht, wenn ich sie kenne. Denn was soll man schon dazu sagen? Entweder jemand ist begabt, dann schreibt er oder sie sowieso weiter, egal, ob mir die Geschichte gefällt oder nicht, oder jemand ist nicht begabt, dann hab ich ein Problem.

Märchen habe ich außerdem schon als Kind nicht gemocht. Ich fand Märchen immer schon abstoßend und gruselig. Gegen ein Märchen ist jeder »Tatort« reine Erholung. Aber es war eben Sarah, die mich bat, ihre Geschichte zu lesen. Und Sarah, das war mir inzwischen klar, konnte ich nichts abschlagen. Also las ich das Märchen, draußen, auf der meerabgewandten Terrasse hinter unserem Haus.

Der große Kranich kommt von weit her. An seiner Raststelle, in Groß Mohrdorf nördlich von Berlin, verliebt er sich. Er ist genau drei Jahre alt. Seine neue Freundin auch. Sie führen den berühmten Tanz auf, spreizen die

Flügel ab, senken den Kopf, strecken den Hals, rasen im Zickzack umeinanderher und schreien dazu. Als sie zu gurren beginnt und den Kopf hoch aufrichtet, paaren sie sich. Dann fliegen sie weiter und fangen am Zielort, auf Rügen, an, ein Nest knapp über der Oberfläche des kleinen verschilften Sees zu bauen. Zuerst legt sie ein Ei, drei Tage später ein zweites. Die Eier müssen dann rund um die Uhr gut ausgebrütet werden, gefährlich sind hier auf dem Schilfgürtel des Sees, im brackigen Wasser ohnehin nur der Seeadler (sehr selten) oder Wildschweine, die durchs seichte Wasser stürmen. Das Kranichpaar wechselt sich ab, einmal bricht sie, einmal er zur Nahrungssuche auf. Schließlich aber übernimmt er die Nahrungssuche ganz. Das Nest muss ununterbrochen nachgebessert werden. Besonders nachdem das erste Kranichküken und am nächsten Tag das zweite Küken geschlüpft sind. Die Jungen wiegen da höchstens hundertfünfzig Gramm und haben immer Hunger. Bereits nach zwanzig Stunden können sie stehen und gehen, nach dreißig Stunden führen die Eltern sie aus dem Nest. Nach etwa zehn Wochen aber sind sie erst flugfähig. Ende August fliegen sie alle zusammen wieder nach Groß Mohrdorf, um dort vor dem Weiterflug ins Winterquartier zu rasten. Eigentlich wäre das für die Kranichmutter nicht notwendig, da sie zu der Kranichgeneration gehört, die in Brandenburg überwintert. Der Kranichvater anscheinend nicht. Obwohl sie immer wieder ihre Gesänge im Duett anstimmen und Kraniche meistens ihr Leben lang zusammenbleiben, fliegt er mit einem Zug nach Süden. Seine Partnerin und seine Kinder bleiben zurück. Es ist nicht mit Gewissheit zu sagen, ob er seine Familie absichtlich verlassen hat oder ob er aus Versehen in den Zug nach Süden geraten ist. Tatsache ist, dass er bereits von Rügen aus zu immer größeren Flugstrecken auf seiner Nahrungssuche aufgebrochen ist. Das laute, pfeifende Piepsen seiner damals noch nicht flugfähigen aufgeregten Kinder hat er ignoriert. Der Kranich fliegt mit seinem Zug zuerst weiter nach Osten. Er fliegt an der Spitze des Keils, den sie bilden, um den Luftwiderstand so gering wie möglich zu halten. Der Zug rastet in der Ungarischen Tiefebene. Dort müssen sie einige Wochen auf einen günstigen Wind warten. Der Kranich fällt durch zunehmende Nervosität auf. Manchmal stößt er plötzlich grundlos einen trompetenartigen Warnruf aus, dann wieder setzt er zu einem Duett an, zu dem ihm aber die Partnerin fehlt. Er läuft mit vorgestrecktem Hals und abgespreizten Flügeln mehrfach im Kreis. Einmal hat es den Anschein, als ob er mitten in einer Vollmondnacht zurückfliegen wollte nach Mecklenburg-Vorpommern. Schließlich kehrt er noch in den frühen Morgenstunden in den Hortobágy-Nationalpark zurück. Als der Wind günstig ist, zieht ein Teil der Kraniche westwärts, ein anderer, kleiner Teil, ostwärts. Er fliegt mit den Vögeln, die zunächst bis Zypern fliegen und dort wieder rasten. Er fliegt wieder an der Keilspitze. Seine Flügel scheinen aus Leichtmetall. Sie blinken silbern in der Sonne, und nichts kann seinen Flug stoppen. Den Angriff von Seeadlern wehrt er ab, indem er sich im Flug auf den Rücken dreht und sie mit den Beinen attackiert. Von Zypern aus macht sich ein weiterer Trupp, dem er sich anschließt, nach Ägypten auf. Er fliegt mit einer kleinen Gruppe über dem Nil, auf dem Schiffe mit großen weißen Segeln fahren. Schließlich zieht er weiter über Wüsten und rastet im Hulatal in Israel.

Seine Familie in Brandenburg schlägt sich durch einen harten Winter. Im Lausitzer Seengebiet, wo sie sich niederlassen, bilden sich feine Eisplatten am Ufer der Seen, die die Mutter mit ihrem schweren Körper durchbricht, wenn sie nachts im seichten Wasser schläft. Für die Jungen hat sie ein provisorisches Nest gebaut. Futter finden sie genug, da die Vogelstationen getrockneten Weizen ausbringen. Trotzdem wird sie immer trauriger. Sie beschließt, mit den Kindern dem Vater auf seiner Südroute zu folgen. Natürlich ist es dazu im Februar viel zu spät. Sie findet den Vater ihrer Kinder nicht und muss auch den weiten Weg mit den Kindern alleine zurückfliegen. Irgendwie kommen sie durch und landen Ende Februar im Hulatal.

Der Kranichvater steht zur gleichen Zeit im seichten Wasser einer Oase in irgendeiner Wüste. Er weiß nicht, ob die lärmenden Menschen am anderen Ufer ihn bewundern oder ob sie ihn jagen wollen. Er senkt den Kopf und denkt an seine Familie. In der Morgendämmerung beschließt er, umzukehren und die Familie zu suchen. Er fliegt den Nil zurück, findet den Weg nach Zypern, wo er an exakt der gleichen Stelle rastet wie auf dem Hinflug. Nur dass er diesmal alleine ist. Immer wieder beginnt er einen Duettgesang und bricht kurz darauf ab. Rastlos rennt er im Kreis herum. Er ist zu ungeduldig, den besten Wind abzuwarten, und startet zu früh. Schließlich findet er den Weg zurück in die Ungarische Tiefebene nicht mehr. Je weiter er nach Norden kommt, desto kälter wird es. Er weicht von der richtigen Route ab und landet nach langem Herumirren mit einbrechender Dunkelheit erschöpft in einer Stadt, wo er das Becken einer großen Baustelle mit Sumpfland verwechselt. Er senkt Hals und Kopf, schläft sofort ein, erstarrt und erfriert schließlich in jener Nacht. Am nächsten Tag, als die Bauarbeiter kommen, wundern sie sich, dass der Kran, den sie angefordert haben, offenbar noch in der Nacht geliefert worden ist.

Es ist eine Art Fabel, sagte ich, weil ich nicht wusste, was ich sagen sollte, als Sarah mich fragte, was ich von ihrem Märchen hielte, aber was ist die moralische Absicht? Welche moralische Absicht, fragte Sarah, es gibt keine Absicht. Ich dachte, Literatur sei absichtslos. Ist sie auch, sagte ich, aber was willst du damit sagen? Gar nichts, sagte Sarah, darum habe ich sie ja geschrieben. Gefällt sie dir?

Das Merkwürdige war, dass sie mir tatsächlich gefiel. Obwohl ich keine Fabeln mochte, wahrscheinlich wegen der damit verbundenen Moral, die Sarahs Geschichte aber gar nicht hatte. Sie war wohl sowieso eher eine Parabel. Aber auch Parabeln mag ich nicht. Das Beispielhafte an ihnen ist immer belehrend. Ich bin der Meinung, jeder sollte so direkt wie möglich sagen, was er zu sagen hat. Aber für Sarah war es wahrscheinlich die direkteste Art, über einen Teil ihres Lebens zu sprechen. Und belehrend war ihre Geschichte ja auch nicht. Sie gefällt mir, sagte ich also, die Frage ist nur, ob jemand, der deine Lebensgeschichte nicht kennt, etwas mit dem Märchen anfangen kann. Ich kam mir schon vor wie in der Schreibwerkstatt. Wieso meine Lebensgeschichte, sagte Sarah, das hat doch damit nichts zu tun. Aber egal, Hauptsache, es gefällt dir. Sarah lachte. Sie schien sich wirklich darüber zu freuen, dass mir ihre Geschichte gefiel, egal, ob sie sonst noch jemandem gefallen würde. Sie lief mit vorgestrecktem Hals und abgespreizten Fingern mehrmals im Kreis, blieb dann stehen, legte die Arme an und senkte Hals und Kopf. Wusstest du, dass das Wort Kran tatsächlich von Kranich kommt?, fragte sie mich dann. Jetzt weiß ich es, sagte ich, und Sarah fiel mir um den Hals. Dann gingen wir gemeinsam paddeln. Habibi lief wie immer hinter uns her, blieb aber, sobald wir das Boot bestiegen, in gehörigem Abstand stehen und bellte.

Maya, die gerade an der Mole stand, erzählte uns, dass sie während einer zweimonatigen erlebnispädagogischen Therapie 750 Kilometer zu Fuß gegangen und anschließend 350 Kilometer durch die kanadische Wildnis gepaddelt sei. Ich dachte, du warst in der Steinwüste, sagte Sarah. Ja, sagte Maya, das war zwei Jahre vorher.

Fünfzehnter bis siebzehnter Tag

Es ist so schön auf unserer Insel. Die Luft klar oder durchsichtig oder fluoreszierend oder diesig, silbrig, reingewaschen, verschwommen, schlierig, mit einem Stich Blau, Grün, Lila, Rosa oder Gelb. Immer anders. Jeden Tag. Die Inselkette gegenüber türmt sich an manchen Tagen höher auf als an anderen. Manchmal scheinen sich jenseits des Meereskanals hohe, schroffe, unüberwindbare spitze Mauern zu erheben, dann wieder sieht es aus wie sandfarbene Bergketten aus Kamelrücken, dicht hintereinander gelagert, um den Wüstenstürmen zu trotzen. Aber es gibt auch Tage, da schrumpfen die Berge zu so vollkommenen, sanften Hügeln, dass der Blick an jeder vorgelagerten Kante des Hauses, der Terrasse, des Steges hängen bleibt. Manchmal gleicht der Inselrücken einer sich träge räkelnden Riesenschlange, deren kaum wahrnehmbare Windungen immer wieder andere Schatten werfen. Dann wieder fügen sich Häuser, Terrassen und Stege in eine unspektakuläre Landschaft. Es kommt immer auf das Licht an und es kommt immer auf den Blick an.

Ich möchte wissen, was eigentlich mit Jakob in Israel los war. Die ersten Berichte Marieluises nach ihrer Auswanderung 2005 waren euphorisch gewesen. Da hatte

Israel gerade Siedlungen im Gazastreifen geräumt. Sie hatten ein wunderbares Haus mit Garten im Zentrum Jerusalems gefunden, ganz in der Nähe des Altstadt-Marktes. Jakob und sie hatten bereits nach ein paar Monaten ein Lokal mit koscherem Essen eröffnet. Nachdem das Lokal aber schlecht besucht gewesen war, hatte Marieluise ein nicht koscheres Meeresfrüchtelokal eröffnet, das dann auch tatsächlich besser lief. Die anfangs regelmäßigen Demonstrationen von Orthodoxen jeden Sabbat nahmen beide offenbar nicht ernst. Jakob hatte sogar kurz darauf noch eine sofort sehr gut gehende Nachtbar in Jerusalem eröffnet. Dass es zu der Zeit die erste Karaoke-Bar Jerusalems war, erfuhr ich erst später, anlässlich eines Besuchs Jakobs in Berlin, bei dem er davon schwärmte, dass die Nachtbar, in der jeder willkommen sei und in der sowohl Juden als auch Araber verkehrten, eine Oase des Friedens sei. Auch dagegen habe es anfänglich Proteste von Orthodoxen gegeben, die jedoch mit der Zeit abgeebbt seien. Marieluise hatte vorgehabt, eine Klanggalerie zu eröffnen. Es wäre die erste Klanggalerie Jerusalems gewesen. Es gab dann aber wohl irgendwelche Schwierigkeiten, wahrscheinlich finanzieller Art, jedenfalls hörte ich nie von einer Eröffnung. Vielleicht ließ Marieluises Euphorie mit der Zeit auch deshalb nach. Jakob hatte später noch eine zweite Nachtbar eröffnet, und seine beiden älteren Söhne aus erster Ehe waren ihm nach Israel gefolgt. Sie lebten alle zusammen in dem großen Haus in Jerusalem. »Jakob und ich im Erdgeschoss, die Kinder im ersten und zweiten Stock«, hatte mir Marieluise geschrieben. Von Daniel war damals noch nicht die Rede gewesen. Ein großer Einschnitt im Leben der Familie dürfte der Sieg der Hamas im Gazastreifen gewesen sein. Es kam in Israel wieder vermehrt zu Attentaten und Selbstmordkommandos. Marieluise berichtete von der Bewachung der Schulen durch die Eltern, der Unsicherheit auf den Straßen und auf dem Markt. Jakob habe drei Attentate aus nächster Nähe miterlebt, seither trage er eine Pistole. Die Nachtclubs müssten von Security-Leuten gesichert werden. Ein paar Monate vor ihrem Tod rief Marieluise eines Nachts unerwartet an. Wir hatten damals schon länger nichts mehr voneinander gehört. Sie erzählte, sicherlich eine Stunde lang. Jakob habe sich sehr verändert, sagte sie damals. Auch äußerlich. Er habe stark zugenommen, besonders im Gesicht sei er aufgedunsen. Vielleicht nehme er ja irgendwelche Tabletten. Dazu trinke er täglich einige Liter Kaffee. Er sei trotzdem meist antriebslos und dann wieder reizbar und aufbrausend. Sie wisse nicht mehr, was in ihm vorgehe. Auch Daniel, der inzwischen ebenfalls in Jerusalem sei und bei ihnen wohne, mache ihm wohl zu schaffen. Daniel habe Drogenprobleme. Offenbar flüchte Jakob in die Religion. Er bete viel und besuche manchmal sogar zweimal täglich die Synagoge. Sie sei zum Judentum konvertiert, nicht aus religiöser Überzeugung, sondern um ihm, Jakob, eine Stütze zu sein. Aber sie glaube ihm nicht wirklich helfen zu können, da er seine psychischen Probleme nicht eingestehe.

Sie überlege, mit den Kindern nach Deutschland zurückzukehren. Andererseits seien die Kinder aber inzwischen Israelis geworden, und besonders Sarah wolle das Land nicht verlassen. Sie selbst käme sich als Verräterin vor, wenn sie es täte. Die letzten Worte, die Marieluise damals am Telefon sagte, waren, dass sie sich nicht vorstellen könne, mit Jakob alt zu werden.

Die Inselkette gegenüber unserer Insel dehnt sich mit der beginnenden Dämmerung, verfärbt sich blau, streckt sich aus, leuchtet goldgelb in der letzten Sonne und verblasst zu sandfarbenen Dünen, bereit zu einem langen Schlaf.

Siebzehnte Nacht

Es war kurz nach Mitternacht, wir hatten gut gegessen und viel getrunken und saßen noch alle beim schummrigen Licht einer Kerze mit einem letzten Glas Wein auf der Terrasse, als wir Dieselmotorengeräusche hörten, die sich näherten. In der Nacht kommt nie jemand so nah ans Haus heran. Wir sehen höchstens einmal ein Fischerboot, das weit draußen im Meereskanal vorbeituckert, oder ein Segelboot, das am anderen Ende der Bucht für eine Nacht vor Anker geht. Jetzt kam aber eine Motoryacht eindeutig auf uns zu. Und sie war nicht beleuchtet. Was hatte das zu bedeuten? Kurze Zeit wagten wir nicht zu sprechen. Ich glaube, jedem von uns gingen ähnliche Gedanken durch den Kopf: Breivik! Manson! *Clockwork Orange*! Wir sind ganz allein auf dieser Insel, die Handys liegen verstreut herum in den Nachtkästchen, wahrscheinlich nicht aufgeladen, und selbst wenn sie aufgeladen wären und neben uns auf dem Tisch lägen, wäre die Verbindung von der Terrasse aus zu schlecht, um zu telefonieren. Wenn jetzt jemand kommt, der uns überfallen oder ausrauben will, sind wir dem hilflos ausgeliefert. Unbewaffnet. Es gibt jede Menge dieser Filme: Glückliche Familie macht Urlaub in abgelegener Gegend und wird auf bestialische Weise von Bösewichten hingemetzelt. Mein erster Impuls war, mich im Hinterland zu verstecken und aus sicherer Distanz erst einmal zu beobachten, was die Besatzung des Motorbootes mitten in der Nacht von uns wollte. Gut, der näherliegende Gedanke wäre sicherlich gewesen, dass die Yacht während einer Nachtfahrt Stromausfall gehabt, die Besatzung sich ohne Plotter verirrt hatte und nun deswegen unbeleuchtet einen sicheren Ankerplatz suchte. Aber auf einer einsamen Insel mitten in der Nacht kommt man nun einmal nicht auf die näherliegenden, sondern unweigerlich auf die schlimmsten Gedanken. Habibi sprang schrill kläffend aus seinem kleinen Liegestuhl und raste zur Mole hinunter. Auf unser Rufen reagierte er gar nicht. Es blieb uns also nichts anders übrig, als uns der Situation zu stellen und ebenfalls zur Mole zu gehen.

Bruno und Willi wollten alleine los.

Kinder und Frauen ins Haus, rief Bruno sogar. Aber wir dachten gar nicht daran, diesem Ansinnen Folge zu leisten und alleine in den Häusern zu hocken, während unsere Männer womöglich um ihr Leben kämpften. Bruno, der nachts immer mit einer Stirnlampe ausgerüstet war, ging voran. Die Yacht hatte inzwischen an unserer Mole angelegt, ein Mann war gerade dabei, die Leinen zu befestigen. Er ließ sich von unserer Anwesenheit nicht stören und sagte nichts.

Jemand von uns sagte Hallo oder Good evening, der Mann sagte weiterhin nichts und überprüfte mit dem Rücken zu uns seine Leinen. Er drehte sich auch nicht um, als Bruno auf Englisch fragte, was er an unserem Steg zu suchen habe.

This is not your landing stage, sagte der Mann mit starkem Akzent.

Yes, but we pay for it, antwortete Bruno mit ebenfalls starkem Akzent.

Der Mann drehte sich jetzt um und betrachtete uns von oben bis unten. Dann spuckte er ins Meer. Er war nicht mehr jung, aber von kräftiger, gedrungener Gestalt. Die Yacht hinter ihm schaukelte in der Dünung. Es war nicht auszumachen, ob, und wenn ja, wie viele Menschen an Bord waren.

This is private, sagte nun Willi, please leave our landing stage.

Der Mann stemmte die Arme in die Hüften.

This is my country, not yours, sagte er nun in gehobener Lautstärke.

Habibi kläffte wie wild.

Ging es hier um altes Hausrecht, um Nationalstolz oder um antikapitalistisches Gedankengut? Immerhin war das Land vor nicht langer Zeit noch kommunistisch regiert gewesen. Hier hatte ein Krieg stattgefunden. Wurden wir als reiche Eindringlinge aus dem Westen gesehen, die den Ausverkauf dieses Landes betrieben? Aber schließlich besaß der Mann, der sich da vor uns aufspielte, und nicht wir eine riesige Motoryacht, die sich niemand von uns je hätte leisten können. Wir hatten für unseren Aufenthalt auf der Insel das ganze Jahr sparen müssen. Ich glaube, wir waren alle zutiefst verunsichert. Es konnte doch nicht jeder beliebige Motoryachtbesitzer an unserem Steg anlegen, womöglich vor unserer Nase Urlaub machen und uns dann noch als Eindringlinge verhöhnen. Wir fühlten uns ohnmächtig. Da machte Bruno in seiner Erregung einen Fehler.

Er sagte: This is not your country, it's God's country.

Ogottogott! Wir hatten womöglich einen ehemaligen kommunistischen Bonzen vor uns, nationalistisch, wütend auf den westlichen Einfluss – und da kam Bruno, selbst Atheist, ausgerechnet mit Gott. Der Mann sprang behände auf seine Yacht, verschwand einen Augenblick unter Deck und kam mit einer Schrotflinte zurück.

I stay here this night and nobody will stop me, sagte er und lud seine Flinte durch.

Sarah lief sofort zum Haus zurück. Filippa, Maya, Josefine und ich hinterher. Merkwürdigerweise hatte ich überhaupt keine Angst mehr vor dem Mann, seit er die Flinte in der Hand hatte. Ich dachte nur an Sarah, die womöglich durch die Situation getriggert wurde. Von der Terrasse des Haupthauses aus sahen wir Brunos Stirnlampe auf und ab hüpfen. Eine alte Frau mit zerzausten Haaren und weißem Nachthemd war aus dem Bootsinneren an Deck gekommen und zerrte an der Schrotflinte des Mannes, wobei der Mann ausrutschte und die Flinte beinahe losgegangen wäre. Habibi war ebenfalls an Deck gesprungen und zerrte an ihrem Nachthemd. Die alte Frau unten rief durchdringend:

»Peace!« In meinem Kopf lief nun ein anderer Film ab, ein Slapstick. Es fehlte nur die Sahnetorte. Bei dem Gedanken musste ich lachen. Ich konnte mich gar nicht mehr beruhigen. Nach einer Weile lachten alle. Auch Sarah. Es war ein befreiendes, wenn auch etwas hysterisches Lachen. Brunos Stirnlampe hüpfte in unsere Richtung, der alte Mann ließ die Flinte sinken. Wir öffneten eine Flasche Prosecco und stürzten jeder ein Glas hinunter. Josefine zündete Kerzen auf der Terrasse an, wir saßen um den Tisch und tranken und rauchten. Die alte Frau im Nachthemd verschwand wieder unter Deck, die Männer diskutierten weiter, nur manchmal erhob einer wieder die Stimme. Habibi kam mit eingezogenem Schwanz zu uns auf die Terrasse, legte sich auf Sarahs Schoß und leckte ihre Hand ab. Irgendwann gingen wir schlafen. Am nächsten Morgen war die Yacht verschwunden. Bruno und Willi berichteten, dass sie spätnachts noch die Flasche mit dem selbst gebrannten Schnaps unserer Hausbesitzer unten am Steg mit dem alten Mann getrunken hätten. Er habe dazu seinerseits Käse angeboten.

Achtzehnter Tag

Sarah und Bruno hatten offenbar mit dem klapprigen 4-PS-Motorboot, das zu unseren Häusern gehörte, einen riesigen Baumstamm von der Müllhalde an unser Ufer geschleppt. Als ich aufwachte und ans Fenster trat, sah ich, wie sie gerade den Baumstamm von der Leine lösten, mit der sie ihn hinter dem Boot hergeschleppt haben mussten, und ihn dann gemeinsam auf die Felsen etwas abseits unserer Badestellen hievten und schoben und stemmten. Für jeden vom Meer her Kommenden musste er schon von Weitem gut sichtbar sein. Ich duschte unter unserer Außendusche, beobachtete lange eine gelb-schwarz gestreifte Spinne, die ein außergewöhnlich großes feinmaschiges Netz spann, frühstückte ausgiebig und besichtigte dann den Baumstamm. Sarah schlug gerade mit einer Hacke auf ihn ein.

Das wird eine Seeschlange, sagte sie außer Atem, zur Warnung aller Motoryachtfahrer. Seeschlangen seien sehr giftig. Das Gift habe einen hohen Anteil an Neurotoxinen, die zur Lähmung der Extremitäten- und Atemmuskulatur sowie zum Ausfall von Hirnnerven führten.

Filippa war offenbar von den Axthieben aufgewacht und trat, nur mit einem langen T-Shirt bekleidet, auf dem »I hate everybody« stand, mit einer Tasse Kaffee in der Hand zu uns. Sie war sofort von der Idee einer Schlangenskulptur begeistert und bot sich an, bei der Gestaltung mitzuhelfen. Die beiden waren sich bald einig, dass das Ungetüm einen Drachenkopf haben sollte, eine Mähne aus Seetang und schwarze, graue und braune Schuppen. Auf der Unterseite sollte es weiß angemalt werden.

Ich zog mich in mein Zimmer zurück und hoffte auf eine gute Gelegenheit, ein bisschen zu arbeiten. Aber ich muss ehrlich sagen, das Gehacke und Gehämmere störten mich erheblich. Bruno bei der Abfassung seines Logbuchs auch, in dem er Wetterverhältnisse, Temperatur, Bewölkung, Windrichtung, Ebbe und Flut, besondere Ereignisse, schriftlich festhielt. Aber jeder, der Kinder hat und sie liebt, wird sich, egal, wie alt sie sind, hüten, sie bei ihren kreativen Beschäftigungen zu stören. Oft verlassen Eltern sogar ihr eigenes Haus und schlüpfen bei Bekannten unter, wenn ihre Kinder ihren meist mit Lärm verbundenen Hobbys nachgehen. Und so trafen auch Josefine und Willi, deren Haus noch näher an der Stätte lauten Schaffens lag, bald Hand in Hand bei uns ein.

Maya, sagten sie, habe sich mit Mehl, Wassereimer und Leim zu Sarah und Filippa gesellt.

Willi und Bruno besprachen noch einmal ausführlich ihre Vorgehensweise während des vergangenen nächtlichen Überfalls, Josefine und ich würfelten. Aber auch beim Reden und sogar beim Würfeln störte der Lärm.

Wir beschlossen, mit dem Boot zu einer kleinen Konoba auf der anderen Seite des Meereskanals zu fahren, ein einfaches Gasthaus, bei dem jedoch wegen seiner Abgelegenheit ausschließlich Segler oder Bewohner der umliegenden Inseln haltmachten. Meistens war es leer. Wir sahen während unserer Abfahrt noch, dass die Mädchen Pina Colada und jede Menge Knabberzeug an ihren Schaffensort gebracht hatten.

Die Konoba war uns von früheren Besuchen bestens bekannt. Die Bootsfahrt dorthin dauert etwa eine Dreiviertelstunde, je nach Wind und Meeresströmung kürzer oder länger. Anfangs hatten wir jedes Jahr einmal hier Lamm gegessen, das einzige Gericht, das es gab und das man vorher telefonisch bestellen musste, falls eine Handyverbindung denn überhaupt zustande kam. Aber das im eigenen Fett schwimmende Fleisch hatte uns stets tagelang im Magen gelegen. Außerdem wurde es von Jahr zu Jahr teurer. Wir bestellten nur Brot und Weißwein, den wir bereits in den Jahren zuvor wegen seiner zuerst entspannenden, nachgerade verzaubernden, später und besonders am nächsten Tag dann aber verheerenden Wirkung Rabiatperle getauft hatten.

Die Konoba wurden von einer seltsamen Truppe langhaariger Althippies betrieben, die wir schwer auseinanderhalten konnten. Wahrscheinlich waren es Brüder. Die einzige Frau schien die Chefin zu sein, sie gab knappe Befehle an ihre Männer, die auf Bestellung ins steile Land stiegen und nach kurzer Zeit mit einem toten Lamm auf dem Rücken zurückkamen. Auch der säuerliche Wein war viel zu teuer, aber man muss die langen Transportwege mitberechnen und die wunderbare Lage der Konoba. Direkt an einer kleinen Meeresbucht mit glasklarem smaragdfarbenem Wasser, aus dem weiße Felsen ragen, die rundum steil aufsteigen. Es gibt sogar eine Meeresgrotte, in der sich bunt schillernde kleine Fische tummeln.

Nirgendwo der geringste Lärm.

Hier kann man stundenlang sitzen, aufs Meer schauen und Rabiatperlen trinken.

So saßen wir auch diesmal schweigsam trinkend und jeder seinen Gedanken nachhängend, bis Willi noch einmal die Sprache auf den Mord an Sarahs Eltern brachte. Die Geschichte ginge ihm nicht aus dem Kopf, sagte er, es sei der Stoff für einen Dokumentarfilm. Ob ich denn nicht Genaueres darüber wüsste. Wusste ich nicht. Sie sind beide erstochen worden, sagte ich, in dem Zeitungsartikel war die Rede von einem Blutbad, Sarahs Mutter wurde offenbar die Kehle durchgeschnitten. Von Daniel sagte ich nichts. Ich weiß selbst nicht, warum. Ich hatte das Gefühl, nicht zu viel verraten zu dürfen, um Sarahs Vertrauen nicht zu enttäuschen. Die Sonne war inzwischen tiefer gesunken, und unser Tisch lag im Schatten. Das Hinabsteigen ins Boot vom höher gelegenen Steg aus und das Ablegen des Bootes waren nicht ganz einfach, weil wir alle betrunken waren. Aber offenbar bei Weitem nicht so sehr wie unsere Mädchen, wie wir bald feststellen konnten. Wir hatten gehofft, sie hätten vielleicht bereits das Abendessen vorbereitet und wir könnten uns an den gedeckten Tisch setzen. Stattdessen tanzten die Mädchen, mit Mehl- und Lehmmatsch im Gesicht und auf den halb nackten Körpern, grölend um ihren Seeschlangendrachen herum, der wild seine Tangmähne zu schütteln schien. Habibi war außer sich ob des seltsamen Gebarens der Mädchen, lief um sie herum, zwischen ihnen hindurch, sprang über die Schlange, zerrte am Mähnentang und bellte und knurrte dazu.

Josefine, die, wahrscheinlich aufgrund ihrer jahrzehntelangen anstrengenden Arbeit in der Forensik, zu Fertignahrung neigt, öffnete zwei große Dosen Gulasch, die wir aufwärmten und mit ebenfalls aufgewärmten vorgebackenen Semmeln aßen. Und ich muss sagen, es mundete uns allen sehr, was aber vermutlich an der Rabiatperle sowie dem vielen Pina Colada lag. Schlechter Alkohol macht hungrig und schwächt den Geschmackssinn. Nach dem Abendessen setzten wir uns mit Obstdosensalat zur Drachenschlange auf die Felsen hinunter. Willi filmte die Skulptur aus verschiedensten Perspektiven, teilweise musste Bruno sie mit seiner hellen Riesenstablampe beleuchten, die Mädchen noch einmal um sie herumtanzen, Josefine sich auf ihren Rücken setzen, ich mich mehrmals vor den Drachen hocken und seinen Kopf streicheln, und Bruno leuchtete und leuchtete. Habibi brauchte keine Anweisungen, um wie wahnsinnig geworden um die Schlange herumzuspringen. Später, nach unserer Rückkehr von der Insel, hat Willi uns den fertig geschnittenen und mit eigener Trommelmusik unterlegten Film dann gezeigt. Willi experimentiert bei sich zu Hause gerne zur Entspannung mit Trommeln. Die Schlange war in seinem Film viel gespenstischer als in Wirklichkeit, sie schien sich, abwechselnd in Dunkelheit und dann wieder plötzlich ins grelle Licht gesetzt, sogar aufzubäumen, mit dem Schwanz auszuschlagen, zu züngeln. Die Mädchen mit ihren bemalten Gesichtern wurden zu durchscheinenden Geisterbeschwörern. Willi zeigte sie manchmal im Zeitraffer, dann wieder in Zeitlupe beim Tanzen, so dass ihre Glieder im Hell und Dunkel passend zum Rhythmus der Trommeln zuckten oder sich langsam dehnten und streckten. Selbst Josefine und ich sahen aus wie Gespenster, obwohl wir gar nicht bemalt waren. Ich glaube, es waren unsere von der Rabiatperle erhitzten Gesichter, die uns in Hexen verwandelten.

Nach Willis Dreharbeiten, bei denen seine teure Videokamera fast ins Wasser gefallen wäre, waren alle erschöpft und zogen sich zurück. Außer Sarah. Sie lehnte mit dem Rücken an der Drachenschlange, sah mich, als ich schon aufgestanden war und gerade ebenfalls ins Bett gehen wollte, von unter her an, klopfte mit der rechten Hand auf den Schlangendrachenleib und sagte: Das ist der Gott Abzu, der Uranfängliche.

Ich sagte Aha oder Ach so oder so ähnlich.

Sarah sah mich lange an, als hätte ich etwas Außerordentliches, Erstaunliches gesagt.

Daniel hat ihn ursprünglich aus einem Baumstamm gehauen. Das ist seine Wiedergeburt, sagte sie.

Daniels Wiedergeburt?

Abzus Wiedergeburt, sagte Sarah.

Daniel sei auf eine Kunstschule gegangen. Ob ich das gewusst hätte.

Nein, hatte ich nicht.

Ja, sagte sie, er habe Bildhauer werden wollen. Er sei eine große Begabung gewesen. Das hätten alle gesagt.

Daniels Abzu sei noch größer gewesen als dieser hier. Und viel schöner. Er habe Augen aus Kohle gehabt und grün schillernde Schuppen.

Daniel habe Abzu im Garten aufstellen wollen, aber ihr Vater habe es wegen der Nachbarn nicht erlaubt. Die beiden hätten dann heftig gestritten. Und das nicht zum ersten Mal. Im Grunde hätten sie andauernd gestritten. Über Politik, Religion, Lebensstil, Kunst. Ihr Vater habe Daniel für einen Dilettanten gehalten, Daniel den Vater für einen Kunstbanausen. Noah und sie seien dabei gewesen, wie ihr Vater Abzu ein hässliches Monstrum genannt habe. Am Ende habe Daniel dem Vater und ganz Israel vorgeworfen, spießig zu sein, intolerant und feige, und ihr Vater habe gebrüllt, Daniel könne jederzeit zu seiner Mutter nach Deutschland zurückkehren, wenn es ihm hier nicht gefalle. Noah habe die ganze Zeit geweint.

Daniel habe Abzu noch am selben Abend im Meer

versenkt. Sarah schwieg lange. Noah und ich sind damals mitgefahren, fuhr sie dann fort, wir mussten ihn mit einem Gabelstapler auf Daniels Pick-up verfrachten und am Meer wieder abladen. Dort haben wir einige schwere Felsbrocken ins Boot geschleppt. Dann hätten sie, so wie Bruno und sie heute Vormittag, den Baumstamm ans Boot gebunden, weit aufs Meer gezogen, die Felsbrocken festgebunden und die Skulptur, so beschwert, versenkt. Noah habe wieder geweint, obwohl Daniel erklärt habe, dass Abzu sowieso ins Meer gehöre und ganz tief sinken müsse, weil er eigentlich in einem Süßwassermeer, das noch weit unter dem Salzwassermeer liege, zu Hause sei.

Eine Woche danach sei Daniel aber tatsächlich nach Deutschland geflogen und erst zwei Jahre später wieder zurückgekommen. Da habe er dann schon harte Drogen genommen.

Ich weiß so wenig über Daniel, sagte ich.

Ich auch, sagte Sarah.

Sie schwieg wieder lange.

Ich kann mich nicht einmal mehr erinnern, welche Augenfarbe er hatte, sagte sie nach langer Zeit und sah mich an. Sie werden wohl braun gewesen sein.

Ich wollte sie überreden, mit mir ins Haus zu kommen und schlafen zu gehen, aber sie schüttelte nur den Kopf.

Ob ich ihr versprechen könnte, Abzu niemals hier wegzuschaffen.

Solange wir jährlich auf die Insel kommen und soweit es in meiner Macht steht, sagte ich.

Also nicht, sagte Sarah.

Dann sagte sie nichts mehr. Ich musste sie alleine lassen und kehrte zum Haus zurück.

An unsere Haustür war außen ein »Spruch des Tages« geheftet: »Man muss vergessen, um sich erinnern zu können.« Das musste Sarah geschrieben haben. Ich konnte lange nicht schlafen. Las in Sarahs Krankentagebuch, dachte nach, las weiter, wartete auf Sarah. Erst um vier Uhr morgens hörte ich sie ins Bett gehen.

8. Februar 2010, Hadassah-Klinik

Noah hat auf meine Bitte den Beipackzettel meines neuen Medikaments eingeschmuggelt. Ich bin entsetzt. Da steht, es gehört zu den Antipsychiotika und wird zur Behandlung der Schizophrenie angewendet. »Schizophrenie«, steht auf dem Beipackzettel, »ist eine Erkrankung mit Symptomen wie dem Hören, Sehen und/oder Fühlen von Dingen, die nicht wirklich da sind, Irrglauben, ungewöhnlichem Misstrauen, zunehmender Zurückgezogenheit, unzusammenhängender Sprechweise und Verhalten sowie emotionaler Abflachung. Menschen, die an dieser Erkrankung leiden, können sich außerdem depressiv, ängstlich, schuldig oder angespannt fühlen.«

Was soll das? Ich dachte, man geht bei mir von keiner psychotischen Entwicklung aus. Bin ich emotional abgeflacht? Oder bekomme ich das Medikament prophylaktisch? Als häufige Nebenwirkungen sind immerhin Schläfrigkeit, Schwindelgefühle, Unruhe, Zittern, verlangsamte Bewegungen, Muskelsteifheit, vermehrter Speichelfluss, beschleunigte Herzfrequenz, Übelkeit, Energielosigkeit, Gewichtszunahme, Albträume, unkontrollierte Bewegungen des Gesichts oder des Körpers, Krampfanfälle, niedriger Blutdruck, Minderdurchblutung, Schwellung der Beine, Ausbleiben der

Monatsblutung angegeben. Und ich dachte, die zeitweilige Unfähigkeit, mich zu bewegen, die Muskelversteifungen, das Zucken im Gesicht, der niedrige Blutdruck (bin schon dreimal in Ohnmacht gefallen) kommen von meinem traumatischen Erlebnis. Ist mein Zustand ein von Tabletten hervorgerufener Zustand? Zu den Nebenwirkungen aller Tabletten zusammen, die ich täglich nehme, gehört ja auch Suizidgefährdung, Schwächung des Immunsystems (habe ständig Schnupfen), Rückenschmerzen, Konzentrationsschwäche, Bewusstlosigkeit, Bewusstseinsstörungen. Noch dazu bekomme ich das alles äußerst hoch dosiert. Ich werde verlangen, dass die Tabletten abgesetzt werden. Ich sehe mich außerstande, mit diesen Nebenwirkungen eine Traumatherapie zu beginnen.

Hadassah, 9. Februar 2010

Der Psychiater sagt, alle Psychopharmaka könnten in seltenen Fällen die Symptome auch hervorrufen, die sie bekämpften. Die meisten Symptome, die ich beschriebe, hätte ich aber schon vor Einnahme der Tabletten gehabt: Muskelkrämpfe bei Dissoziation, Konzentrationsschwäche, Selbstverletzungen, Zwangshandlungen, niedrigen Blutdruck, Energielosigkeit, unregelmäßige Monatsblutungen, Albträume, Angstzustände, Rückenschmerzen, Schlaflosigkeit, Unruhe. Alles sei immer eine Gratwanderung. Ein Abwägen der Vor- und Nachteile. Was ein Symptom unterdrücke, könne ein anderes hervorrufen. Würden zum Beispiel die extreme Schlaflosigkeit und Unruhe, unter denen ich gelitten hätte, medikamentös bekämpft, könne Panik infolge von Energielosigkeit, die als Zustand vollkommener Hilflosigkeit empfunden werden könnte, entstehen. Eine Beruhigung des Gesamtzustands sei aber Grundvoraussetzung für eine Traumatherapie. Werde ein innerer Druck reduziert, damit die Gefahr der Selbstverletzungen abnähme, so könne das subjektiv als Entzugserscheinung aufgefasst werden, da ja eine Handlung, die der psychischen Entlastung gedient habe, nun wegfalle. Die Folge könne erneute Dissoziation sein. Auch die Selbstverletzung sei ja eine Art Psychohygiene, genauso wie die Schizophrenie insgesamt der Versuch einer Selbstrettung durch das Ausweichen in Parallelwelten sei.

Wenigstens spricht er mit mir vernünftig. Meine Zimmerkollegin sagt, ihr erkläre nie irgendjemand irgendetwas. Das mag aber auch an ihr liegen. Sie fragt ja nichts.

Wir sind schließlich übereingekommen, die Tabletten vorsichtig zu reduzieren, auszuschleichen, wie der Psychiater sagte.

Hadassah, 10. Februar 2010

Ich muss mich von meinen Symptomen ablenken. Habe versucht, mich mit meiner Zimmerkollegin zu beschäftigen. Aber das ist sinnlos. Sie ist derart stumpfsinnig (Tabletten?), manchmal denke ich, sie interessiert sich für gar nichts. Außer fürs Stricken. Sie strickt den ganzen Tag, und am Abend trennt sie das Gestrickte wieder auf und fängt am nächsten Morgen von vorne an. Ihr Gesicht ist aufgedunsen wie ein Ballon (vom Kortison?). Ich werde mich wieder mit Noahs Lieblingsbuch *Das Geheimnis der Symmetrie* beschäftigen.

Nicht einmal zum Friseur lassen sie mich gehen. Obwohl ich seit zwei Wochen keine Haare mehr ausgerissen habe. Angeblich weil meine Kopfhaut noch nicht ganz abgeheilt ist.

Abends unterhalte ich mich jetzt oft mit Levi, einem Pfleger. Levi ist total gegen Psychopharmaka. Er hat einen langen blonden Zopf und ist in einem Kibbuz aufgewachsen. Levi sagt, im Kibbuz herrsche die ideale menschliche Gemeinschaft. Die Frauen seien durch die Erziehung der Kinder in Kinderhäusern endlich vollständig gleichberechtigt. Jeder gebe nach seinen Kräften, jeder bekomme nach seinen Bedürfnissen. Alles werde basisdemokratisch abgestimmt, niemand horte Privatbesitz.

Hadassah, 11. Februar 2010

Vielleicht sollte ich nach der Traumatherapie in einen Kibbuz ziehen. Ruben ist natürlich dagegen. Im Kibbuz würde ich bloß Datteln ernten lernen, meint er. Aber das würde mir nichts ausmachen. Ich hätte eine genau vorgegebene Tagesstruktur, würde mit den anderen Kibbuzbewohnern zusammen essen und feiern, wäre nie allein, aber doch nicht in meiner Familie. Noah müsste natürlich mitkommen.

Ruben sagt, ich solle mir das aus dem Kopf schlagen, die Schule fertig machen und dann studieren. Außerdem würden sowieso nur über Achtzehnjährige aufgenommen. Aber Levi sagt, es gibt einen psychiatrischen Versuchskibbuz für Jugendliche. Er hat den Antrag gestellt, dort als Pfleger aufgenommen zu werden, weil er es satthat, hier im Hadassah im Sinne der Pharmaindustrie zu arbeiten.

Hadassah, 12. Februar 2010

Habe von Levi bereits einen Prospekt über den psychiatrischen Kibbuz für Jugendliche bekommen. Aber wahrscheinlich würde ich mich dort doch nicht wohlfühlen. Er ist sehr religiös. Ausschließlich koscheres Essen, so strenge Einhaltung des Sabbats, dass nicht einmal ein Aufzugknopf bedient werden darf, ganz zu schweigen von Lesen oder Schreiben oder Malen. Insgesamt gibt es ungefähr 600 Regeln, die es zu beachten gilt. Levi sagt, das macht nichts, weil es bei psychischer Instabilität gar nicht genug Regeln geben könne. Er schreibt oft Sprüche auf die Mitteilungstafel. »Schönheit ist ein stiller Glanz von innen« oder »Denke nicht an dich, sondern an die anderen«. Na ja, ich weiß nicht. Klingt nach Arbeitslager. Schließlich bin ich in Therapie. Rahel sagt, Levi ist ein esoterischer Spinner.

Neunzehnter Tag

Eigentlich unglaublich, was auf so einer einsamen Insel Tag für Tag los ist.

Da kreuzt plötzlich eine grüne Natter den Weg zum Meer hinunter und verschwindet in einer Felsnische. Eines Morgens stehen zwei Schafe und ein Lamm auf unserer Terrasse und überspringen, als sie uns sehen, behände die Mauer, die das Grundstück begrenzt. In dem Eimer mit Meerwasser zum Spülen der Toilette tummeln sich winzige, durchsichtige Krebschen, ein Kreuzfahrtschiff fährt durch den Kanal, an Deck Passagiere, die uns, wie wir durchs Fernglas sehen, ihrerseits ebenfalls mit Ferngläsern beobachten. Ein Vogel mit türkisfarbenem Rücken fliegt knapp über der Meeresoberfläche an uns vorbei, im violett blühenden Rosmarinstrauch summen Tausende Bienen, eine Nebelwand entsteht und löst sich wieder auf. Fast jeden Tag zerbricht irgendetwas: Gläser, Teller, Aschenbecher. Die Tomaten sind schimmelig geworden. Habibi wälzt sich in verfaultem Fisch, wird im Meer gewaschen, nimmt, noch nass, ein Sandbad und hat abends wieder ein sauberes Fell. Ein Paar winziger Vögel wohnt im Busch neben dem Haus und kommt morgens, mittags und abends und schaut uns von der Pergola aus beim

Essen zu. Ein Irrer mit einem Scooter verfährt sich in unsere Bucht und rast dahin wie ein Wilder. Ein Skorpion lugt aus einem meiner Badeschuhe, ein schönes Pfauenauge setzt sich auf Sarahs Kopf.

Vorgestern dann der Wespenstich, gestern die Seeadler, heute das Löschflugzeug.

Die Wespe war im Couscoussalat. Den hatte Maya mitgenommen, als wir mit dem Holzboot auf die andere Seite des Meereskanals übersetzten, weil Sarah anlässlich der Wanderung neulich, bei der ich nicht dabei gewesen war, dort viele Seeigel gesehen hatte. Maya wollte unbedingt Spaghetti mit Seeigelrogen zubereiten. Sie hat immer Angst zu verhungern. Als Säugling hatte Maya eine Entzündung des Rachens und der Magenschleimhaut und wäre damals fast verhungert. Bei jedem noch so kurzen Ausflug hat sie deshalb so viel zu essen dabei, dass wir alle, falls etwas passieren sollte, mindestens einen Tag mit Nahrung versorgt wären. Sogar ihre Panikattacken führt Maya letztlich auf dieses frühkindliche Erlebnis zurück. In dem Couscoussalat waren Tomaten, Zwiebeln, Gurken, Karotten und gelbe Kürbisstückchen. Deshalb hatte Filippa die Wespe nicht gesehen oder vielmehr die Wespe mit einem Kürbisstückchen verwechselt. Sie sagte nachher, sie habe gedacht, in dem Couscoussalat seien auch Fischstücke gewesen und sie hätte aus Versehen auf eine messerscharfe Schuppe oder Gräte gebissen. Aber Maya hatte die Wespe direkt aus Filippas Mund fliegen gesehen. Der Stich war ziemlich weit hinten im Rachen, etwas über den Weisheitszähnen. Die Wange schwoll sofort an. Natürlich hatten wir auf dem kurzen Ausflug keine Tabletten oder Salben mitgenommen. Wir fuhren sofort mit dem Motorboot zurück. Filippa fröstelte, die Wange schwoll immer noch an. Die Frage war, ob jeder fröstelt, den eine Wespe im Mund sticht, oder ob Filippa etwa allergisch reagierte. Die Vorstellung, dass der Rachen derart anschwellen könnte, dass Filippa keine Luft mehr bekam, machte wohl uns allen zu schaffen, auch wenn niemand es aussprach. Filippa bekam starke Kopfschmerzen. Bruno holte aus dem 4-PS-Motorboot alles heraus, was drin war. Trotzdem dauerte es eine gute halbe Stunde, bis wir wieder bei den Häusern waren. Filippa wurde sofort versorgt. Überversorgt. Zuerst musste sie ein Parkemed schlucken, das ja auch leicht entzündungshemmend wirkt. Dann sofort mit frisch zubereitetem Salbeitee gurgeln. Anschließend strich Bruno den Stich in der Mundhöhle mit einer für Schleimhäute geeigneten abschwellend wirkenden Creme ein, die er auf ein Wattestäbchen aufgetragen hatte. Bereits im Bett liegend wurde ihr auch noch ein Umschlag um den Hals gelegt (heiße Zwiebeln, in Öl gebraten) und ein mit Eiswürfeln gefüllter Waschlappen auf die geschwollene Wange. Ich glaube, Filippa war durch all die behandelnden Maßnahmen so erschöpft, dass sie schließlich noch vor dem Abendessen einschlief und am nächsten Morgen erst gegen zehn Uhr vormittags wieder aufwachte. Mit abgeschwollener Wange, immerhin. Nach diesem Vorfall packte

Bruno bei jeder unserer weiteren Unternehmungen auch einen Erste-Hilfe-Koffer und schmerzstillende Tabletten zu Verpflegung, Wärmedecke und Stirnlampe in seinen Rucksack.

Gleich am nächsten Mittag dann die Seeadler. Filippa, der es wieder ausgezeichnet ging, die aber vorsichtshalber von Bruno auf eine Klappliege mit Decke auf die Meeresterrasse gepackt worden war, wo sie entgegen Brunos Warnungen (»niemals bei Entzündungen im Mund-und-Rachen-Bereich rauchen!«) eine Zigarette nach der anderen rauchte, sah sie zuerst. Bei den Hügeln hinter dem Haus fliegen Drachen herum!, rief sie. Wir versammelten uns alle auf der Terrasse. Tatsächlich kreisten in einiger Entfernung zwei große Raubvögel hoch am Himmel. Nachdem sie sich mit der Thermik so weit in den Himmel hinaufgeschraubt hatten, dass wir nicht viel mehr als zwei schwarze Punkte sahen, schraubten sie sich wieder hinunter, wuchsen zu immenser Größe an, um plötzlich, aus mittlerer Höhe, im Sturzflug in einem Taleinschnitt zu verschwinden. Ein dritter und ein vierter großer Raubvogel kamen hinzu. Nach einer Weile noch ein fünfter und ein sechster. Sie alle schraubten sich zuerst hoch, dann wieder hinunter und ließen sich plötzlich sturzflugartig in denselben Taleinschnitt fallen. Bruno kam mit seinem Präzisionsfernglas, Willi mit der Kamera. Nach längerem Gerangel um das Fernglas und einigem Rätseln, um welche Raubvögel es sich handeln könnte, Bussard, Habicht, Falke oder Adler – Filippa bestand auf Drachen oder

Flugdinosaurier –, bestimmte Sarah, mit der rechten Hand die Sonne abschirmend, die Vögel mit bloßem Auge als Seeadler. Äußerst ungewöhnlich, sagte sie, so eine große Ansammlung so großer Adler. Das habe sie noch nie irgendwo gesehen. In dem Taleinschnitt müsse ein größeres Tier ganz frisch verendet sein, wahrscheinlich ein Schaf. Dann sind es Geier, sagte Willi. Aber Sarah klärte uns auf, dass die allgemein verbreitete Meinung, nur Geier würden Aas fressen, wissenschaftlich unhaltbar sei.

Und heute also das Löschflugzeug. Gedrungen und schwarz-gelb wie eine Hummel. Offensichtlich auf Übungsflug. Wir lagen alle unten am Meer, als es auftauchte. Mit Gedröhn. Wir verfolgten staunend, wie es an Höhe verlor, in der übernächsten Bucht immer tiefer aufs Meer zuflog, bis das Wasser aufspritzte wie bei einem Schwan, der auf dem Wasser landet, nur dass sich hier hohe Wasserfontänen bildeten, dann eine Weile mit dem Bauch auf der Wasseroberfläche entlangzuschrammen schien, mit scheinbarer Mühe wieder an Höhe gewann und schließlich über einem bestimmten Taleinschnitt auf der gegenüberliegenden Hügelkette wieder Wasserfontänen abließ. Das Ganze wiederholte sich etwa zehnmal. Wieder wurden Präzisionsfernglas und Kamera geholt, wieder wurde zunächst gerätselt, warum ein Löschflugzeug Wasser aufnahm und wieder abgab, ohne dass es irgendwo brannte oder Rauch zu sehen gewesen war. Wir kamen überein, dass es sich nur um eine Löschübung handeln konnte. Wahrscheinlich wurde ein neuer Löschpilot eingeschult, oder die Funktionsfähigkeit des Löschflugzeuges wurde überprüft. Das Flugzeug kam immer näher. Es nahm schließlich in unserer Bucht Wasser auf und entlud es auch wieder in unserer Bucht. Wir konnten alles ganz genau sehen. Und hören. Es war ziemlich laut. Hatten uns die Piloten gesehen oder gehörte unsere Bucht zu ihrem Übungsplan, den sie auf jeden Fall erfüllen würden, egal, ob da jemand im Meer schwamm oder surfte, und müssten wir uns in Zukunft darauf gefasst machen, jederzeit von so einem Wasserflugzeug eingesogen und schließlich mit einer Wasserfontäne über irgendeinem Waldgebiet wieder abgeworfen zu werden? Gab es da nicht einen Film darüber oder gar einen realen Fall, bei dem ein schwimmender Urlauber auf diese Weise zu Tode gekommen war? Wir alle, außer Maya, der die Vorführung besonders gefiel, wurden ganz panisch bei dem Gedanken und zogen uns schließlich auf die Meeresterrasse zurück. Zur Sicherheit. Auf der Terrasse warteten wir mit Handys, Fotoapparaten und Kamera auf eine neue Darbietung. Aber das Flugzeug bog südwestlich über unserer Insel ab. Gerade als wir uns wieder zum Meer hinunterbegeben wollten, kam es direkt hinter unserem Haus mit einem so höllischen Lärm zurück, dass wir uns instinktiv die Ohren zuhielten, es flog sozusagen im Tiefflug über unsere Köpfe hinweg zum Meer hinunter, dass die Rosmarinsträucher und die Palmen nur so zitterten, lud Wasser auf, hob sich schwerfällig in die Luft, flog einen weiten Bogen über unsere

Bucht und ließ dann direkt vor unseren Augen, nur etwa zwanzig oder dreißig Meter entfernt, das Wasser in mächtigen, in der Sonne silbern funkelnden Fontänen wieder ab. Dann flog es in südlicher Richtung weg, wobei es sich einmal nach rechts und einmal nach links neigte. Sie haben uns gegrüßt, sagte Maya ganz begeistert.

Direkt im Anschluss dann der Streit um die Dusche. Bruno war in der Küche und kochte. Maya wollte vor dem Abendessen duschen und Haare waschen. Als sie bereits nackt unter der Dusche im Freien stand und gerade das Shampoo im Haar verteilt hatte, ging das Wasser aus. Maya war stinksauer, als sie, in ihr Badetuch gehüllt, die Haare vom Kopf abstehend und tropfend, auf die meerabgewandte Terrasse trat, wo wir anderen, außer Bruno, gerade pokerten. Josefines Fehler war, dass sie lachte. Es stellte sich nämlich heraus, dass sie die Letzte gewesen war, die vor Maya geduscht hatte, ohne den Duschbehälter oben auf der Sonnenterrasse mit Zisternenwasser nachzufüllen. Schatzi, sagte sie und lachte immer noch, tut mir leid, ich hab's vergessen. Das Schatzi kannst du dir sparen, sagte Maya. Es geht mir nämlich langsam echt auf die Nerven, dass immer ich es bin, die die Dusche nachfüllt, das Klo putzt, das Geschirr abwäscht. Na, na, sagte Willi, das Geschirr wasche ich meistens ab. Ja, sagte Maya, aber wie? Mit Meerwasser, da bleibt das ganze Fett kleben. Das Geschirr gehört zuerst eingeweicht, dann vorgewaschen, dann mit auf dem Ofen erhitztem Wasser gewaschen und dann mit ebenfalls heißen Wasser nachgespült. Und die Dusche gehört morgens und nicht irgendwann am Tag nachgefüllt, weil das Wasser sich dann nämlich in der Sonne aufwärmt. Ich mach dir Wasser zum Duschen heiß, sagte Bruno in der Küche, und erst da beruhigte Maya sich wieder. Der Einzige, auf den wirklich Verlass ist, sagte sie noch, ist Bruno.

Zwanzigster Tag

Mit dem Fliegen ist es an und für sich wie beim Segeln, sagte Sarah später bei Kaffee und Kuchen auf der Meeresterrasse, nachdem Josefine an uns alle Aspirin gegen Kopfschmerzen verteilt hatte, die Sarah allerdings strikt abgelehnt hatte, da sie stolz darauf war, seit Jahren keine einzige Tablette mehr genommen zu haben.

Wollt ihr wissen, warum?

Maya, Filippa und ich wollten es wissen, Josefine nicht, sie wollte nur ganz ruhig in der Hängematte liegen, Bruno war im alten Haus lesen, und Willi filmte gerade die Ameisenstraße, die von den Rosmarinsträuchern über die Stiegen bis zur Küche führte.

Um sich vorwärts zu bewegen, müssen Flugzeug wie Segelboot den Luftwiderstand überwinden, der die Vorwärtsbewegung hemmt, begann Sarah ihre Ausführungen. Der Luftwiderstand ist abhängig von Form und Geschwindigkeit des Transportmittels. Der Wind, fuhr Sarah fort, spielt nicht nur beim Segeln, sondern auch beim Fliegen eine wichtige Rolle. Flugzeuge starten und landen, wenn es irgend möglich ist, gegen den Wind. Geschwindigkeit stabilisiert. Bei zu wenig Geschwindigkeit kann ein Boot im Sturm instabil werden, das Flugzeug aber stürzt mit Sicherheit ab. Weshalb ich beim Fliegen noch mehr wegtrete als beim Motorbootfahren, sagte Sarah. Ich verfalle dann regelrecht in eine Starre, die sich erst wieder nach der Landung löst.

Niemals wäre sie, wenn sie die Wahl gehabt hätte, nach Österreich geflogen. Aber von Israel käme man ja nicht anders weg. Sie habe alles recherchiert. Direkte Fährverbindungen gebe es nicht mehr. Man könne lediglich theoretisch über den Übergang Eilat nach Aqaba in Jordanien fahren, dann mit dem Bus nach Amman. Von dort nach Damaskus, dann mit dem Fernreisebus nach Istanbul und von dort mit dem Zug nach Wien. Oder über Jordanien und Ägypten. Und von Ägypten mit dem Fährschiff nach Spanien oder Italien. Alles heikel bis unmöglich, was die politische Lage betreffe, und auch zeitraubend. Zeit müsse man sich ja leisten können. Der Flug nach Wien hingegen habe nur hunderteinundsechzig Euro gekostet.

Jedenfalls, sagte Sarah, habe sie nach Wien fliegen müssen. Habibi sei in der beheizten Gepäckaufbewahrung direkt unter dem Pilotencockpit untergebracht gewesen.

Genau ein Jahr zuvor sei sie mit Habibi probehalber nach Berlin geflogen. Es sei für sie sehr wichtig gewesen, noch einmal das Haus zu sehen, in dem sie als Kind gewohnt habe. Auch den Kinderladen, die Schule und den Schülerladen. Und vor allem Daniels Grab.

Ich hatte nicht gewusst, dass Daniel nicht in Israel

begraben war, wollte aber nicht nachfragen. Sarah sagte auch nichts.

Wenn man in eine Stadt zurückkehren will, in der man einmal gelebt hat, wird man unweigerlich mit der eigenen Vergangenheit konfrontiert und damit, eine neue Zukunft suchen zu müssen. In meinem Fall wurde ich auch mit Daniels Vergangenheit in dieser Stadt konfrontiert und musste auch für Noah eine neue Zukunft suchen.

Es gibt den Brotladen noch, sagte sie später unten am Strand auf der Luftmatratze auf dem Bauch liegend, wo wir immer die Vollkornpizza gekauft haben. Weißt du noch?

Ich nickte.

Im Café auf dem Savignyplatz habe ich gefrühstückt. Alles war wie damals. Das gleiche Café, das gleiche Vitalfrühstück, die gleiche Aussicht auf den Spielplatz, wo wir als Kinder einmal abends auf den Baum geklettert sind und ihr solche Angst gehabt habt. Sarah lachte. Ihr wart immer schon überängstlich, sagte sie. Es gibt die Hecke im Garten des Kinderladens noch, in die Paul und ich von den größeren Kindern, allen voran Kevin und Tom, gedrängt wurden und wo sie uns gezwungen haben, unsere Unterhosen auszuziehen. Und es gibt auch den Schleichpfad hinter der Hecke noch, in den man durch ein Loch im Zaun schlüpfen und unbemerkt abhauen konnte. Es gibt sogar das Loch im Zaun noch. Wir waren oft zwei Stunden allein im Kiez unterwegs. Wir sind nie erwischt worden.

Wie alt wart ihr da?

Keine Ahnung, sagte Sarah, wir waren noch im Kinderladen. Aber die Erzieher haben ja nie aufgepasst, wenn wir im Garten gespielt haben, sondern die haben gelesen oder geschlafen oder gekocht, und nach einer Weile sind wir ja wiedergekommen und haben uns in den Sandkasten gesetzt, als ob nichts gewesen wäre.

Sie habe lange auf der Bank am Rand des Sandkastens gesessen, habe an die Zeit in Berlin gedacht und geraucht. Schließlich sei sie auch bei ihrer ersten Grundschule vorbeigegangen. Es sei schon gespenstisch gewesen, dass sich auch die Grundschule überhaupt nicht verändert habe. Keine Renovierung, kein Um- oder Anbau, dasselbe Tor, derselbe Innenhof, sogar derselbe, wahrscheinlich von den Schülern selbst gebastelte bunte Drachen aus Pappmaschee unter dem Schulvordach. Andere Jugendliche, sagte Sarah, sind in derselben Stadt geblieben, in der sie geboren wurden, und wenn sie ihre früheren Wohnungen und Kindergärten und Schulen besuchen, ist alles anders, oder es gibt sie gar nicht mehr. Nur in Berlin war alles genauso wie immer. Außer, sagte sie, ausgerechnet die Farbe des Hauses, in dem unsere Wohnung war. Die ist jetzt gelb. Sarah schwieg eine Weile.

Im Grunde habe sie die Probereise aber vor allem wegen Daniel unternommen, sagte sie dann. Sie habe ja in Berlin als Kind kaum Kontakt zu ihm gehabt. Außer wenn er am Wochenende zu ihnen gekommen sei. Und auch da hätten sie kaum miteinander geredet. Fünf

Jahre sei ein großer Altersunterschied, wenn man ein Kind sei. Sie wisse weder, wo in Berlin er mit Ruben, Ariel und seiner Mutter gelebt habe, noch kenne sie irgendeinen deutschen Freund oder Bekannten von ihm. Er aber sei ja hier erwachsen geworden, sei in dieser Stadt herumgelaufen, habe hier begonnen, Kunst zu studieren, Ausstellungen zu besuchen. Durch Daniel habe sie schließlich die Kunst entdeckt. Vielleicht, habe sie gedacht, sei das ja ihre Zukunft in Berlin. Anfangs sei sie nur davon ausgegangen, dass die Kunst der beste Weg sei, Daniel noch einmal zu begegnen. Sie habe alles bereits in Israel im Internet geplant. Drei Ausstellungen habe sie herausgesucht: in der Galerie C/O eine Fotoausstellung von Daniels Lieblingsfotografen Larry Clark, in der Berlinischen Galerie eine umfassende Retrospektive des chilenischen politischen Künstlers Alfredo Jaar, von dem Daniel ebenfalls immer wieder gesprochen hätte, und eine groß angelegte Lichtprojektion von Anthony McCall im Hamburger Bahnhof, die sie persönlich besonders interessiert habe.

Zuerst bin ich in der Galerie C/O in Berlin Mitte gewesen, kennst du die?, fragte Sarah mich. Ich verneinte. Ein altes Postfuhramt, kaum renoviert. An den Wänden bröckelt der Putz ab. Auf dem Boden sind noch alte Markierungen. Mir gefällt so etwas. Die Fotos von Larry Clark haben gut dorthin gepasst. Es ging um amerikanische Jugendliche seit den Sechzigerjahren, Randgruppen fast ausschließlich. Heroinspritzen, die gerade gesetzt wurden, Hippies beim Koitus, exhibitionistische Posen von Vierzehn- oder Fünfzehnjährigen, alles von großer körperlicher Präsenz. Ich habe mich gefragt, ob das Daniels Welt gewesen ist. Sex, Drogen, Narzissmus. Daniel hat so viele Freundinnen gehabt, er hat auch ab und zu gemodelt, um Geld zu verdienen, dazu Heroin, seine Begeisterung für Larry Clark. Das alles hat mich fertiggemacht, die Fotos von Jugendlichen mit Pistolen im Anschlag, Messern in der Hand, Schlagringen. Da war nichts beschönigt, alles realistisch, präzise, klar, authentisch. Das Licht so genau eingesetzt, dass die Fotos beinahe blendeten. Ich konnte schließlich nicht mehr hinschauen und musste die Galerie verlassen. Bereits da habe ich bemerkt, wie individuell auch politische Kunst wirkt und dass man sie nicht nur betrachten kann, sondern sich ihr auch persönlich stellen muss. Ich bin noch am selben Tag in die Berlinische Galerie gefahren, um Alfredo Jaar zu sehen. Vielleicht habe ich mir von Jaar ein Gegenbild erhofft, weniger zu Larry Clark als zu Daniel.

Und das war's dann auch, allerdings um nichts leichter zu verkraften als Larry Clark.

Ich bin zu einer Kabine mit schwarzem Vorhang gelangt, in der ein Video gezeigt wurde. Man durfte erst eintreten, wenn ein grünes Licht über der Kabine aufleuchtete. In der abgedunkelten Kabine hatten vielleicht zehn Menschen Platz. Auf dem Video war zuerst nichts als eine weiße Schrift auf schwarzem Hintergrund zu sehen. In langsam über die ganze Leinwand vorbeilaufenden einzelnen Zeilen wurde die Geschichte des südafrikanischen weißen Fotografen Kevin Carter erzählt: Kevin Carter war Fotojournalist, stand auf der Leinwand, der an vielen Kriegsschauplätzen fotografierte. Er hat viel erlebt und oft nur knapp selbst überlebt. Im Sudan hat er aus einem Bus heraus ein fast verhungertes kleines Mädchen fotografiert, das auf der Straße kriecht. In einiger Entfernung sitzt ein wartender Geier. Dieses Foto sei damals um die Welt gegangen, Kevin Carter sei dafür hart angegriffen worden. Immer wieder sei ihm die Frage gestellt worden, warum er fotografiert habe, statt dem Kind zu helfen. Er habe den Pulitzer-Preis für das Foto bekommen und sei schließlich in der größten, berühmtesten Fotoagentur Amerikas gelandet. Kevin Carter habe sich kurz darauf umgebracht. In seinem Abschiedsbrief habe er geschrieben, dass Pein und Leid die Freude in einer Weise überwiege, dass er nichts mehr empfinden könne. Nachdem diese Geschichte in weißer Schrift auf schwarzem Hintergrund erzählt worden war, sei für den Bruchteil einer Sekunde das berühmte Foto gezeigt worden, als ob es gerade jetzt geknipst würde. Ein greller Blitz habe den Zuschauer erschreckt und geblendet. Dann sei das Video aus gewesen. Sie sei sitzen geblieben, sagte Sarah und habe es sich noch dreimal hintereinander angeschaut.

Willst du auch wissen, wie die Ausstellung von McCall war?, fragte Sarah. Obwohl ich schon ziemlich erschöpft war und die Kopfschmerzen wieder angefangen hatten, nickte ich. Für sie schien es wichtig zu sein, davon zu erzählen. Aber zuerst wollte ich noch einen starken Kaffee. Sarah lief los, um ihn zuzubereiten, und kam kurze Zeit später mit zwei Tassen Cappuccino mit Milchschaum und Kakaopulver drüber zurück.

McCall habe ich gleich am nächsten Tag gesehen, sagte sie. Auf ihrer Nase war etwas Milchschaum hängen geblieben. Habibi und ich sind noch bis spätabends im Schlosspark Charlottenburg spazieren gegangen. Am nächsten Tag bin ich dann frühmorgens aufgestanden, mit Habibi spazieren gegangen und dann ohne ihn zum Hamburger Bahnhof gefahren.

Meine erste Station im Hamburger Bahnhof war schon wieder ein Video. Ich hatte gar nicht geplant gehabt, etwas anderes als McCall anzuschauen, aber vor einem Ausstellungsraum lagen Texte, die ich zufällig angelesen habe. Es ging um sprachlose Videoporträts von Israelis und Palästinensern. Das hat mich natürlich interessiert. Eigentlich mag ich es nicht, wenn mir vorher erklärt wird, was ich nachher sehen werde. Aber in diesem Fall war es nützlich. Auf drei schmalen, aber sehr hohen Leinwänden ist dreimal nacheinander, erst auf der Leinwand links, dann auf der Leinwand in der Mitte, dann auf der rechten immer dieselbe Person zu sehen gewesen, der man vor jeder Videosequenz einen bestimmten Satz gesagt hat. Diese Sätze standen auf dem Zettel vor dem Saaleingang. Der erste Satz lautete, die in der Folge gefilmte Person solle an ihren Namen und ihre Herkunft denken. Die Kamera wurde daraufhin zwei oder drei Minuten auf das Gesicht dieser Person gerichtet. Der zweite Satz enthielt die Aufforderung: Denken Sie daran, was Ihnen und Ihrer Familie angetan wurde. Auch die wortlose Reaktion auf diesen Satz wurde gefilmt und auf der Leinwand in der Mitte gezeigt. Und schließlich erschien auf der rechten Leinwand die Reaktion auf den dritten Satz: Können Sie verzeihen? Im Vorführungsraum sei es von Anfang an mucksmäuschenstill gewesen. Auf der ersten Leinwand, also beim Nachdenken über den ersten Satz hätten einige der gefilmten Personen gelächelt, andere hätten stolz ausgeschaut, die meisten traurig. Dann sei die gleiche Person auf der zweiten Leinwand gezeigt worden und habe nun offenbar, ohne dass gesprochen worden sei, über den zweiten Satz nachgedacht. Kein Gesicht, das nicht von Trauer überzogen und schließlich ganz davon eingehüllt gewesen sei. Auf der dritten Leinwand, also nach der dritten Frage, seien viele Gesichter verzweifelt, verstört, in sich abgekapselt gewesen, der Blick sei oft zu Boden gegangen. Manche hätten sofort den Kopf geschüttelt. Irgendwann hätten fast alle den Kopf geschüttelt. Langsam, traurig oder entschlossen und heftig, aber alle, außer einem einzigen Mann, von dem man unmöglich hätte sagen können, ob er Israeli oder Palästinenser gewesen sei, hätten sie den Kopf geschüttelt.

Die Ausstellung mit Lichtprojektionen von McCall hieß »Five Minutes of Pure Sculpture«. Sie umfasste mehrere große Räume, die vollkommen abgedunkelt waren. In der Rabenschwärze errichteten Lichtstrahlen

Zelte, Netze, Schleier und Mauern, um die herum Wasserdampf wie Nebel waberte. Kannst du dir das vorstellen? Ich antwortete nicht und ich glaube auch kaum, dass Sarah eine Antwort erwartet hatte. Sie fuhr gleich fort: Zuerst habe ich vor jeder Lichtwand angehalten, das Gehirn kann nicht so schnell verarbeiten, dass die Augen eine Wand sehen, an der ich mich stoßen und verletzen könnte. Aber dann ist langsam, Schritt für Schritt, eine Last von mir abgefallen. Ich habe die Arme ausgestreckt, bin rückwärts- und wieder vorwärtsgegangen. Habe mich in einen Lichtzeltraum hineingetastet und mich dort auf den Boden gesetzt. Um mich herum sind Wände projiziert gewesen, als säße ich in einer Zelle. Ich bin aus einer Wirklichkeit in eine andere gekippt. Der Verstand kann nicht viel gegen das Gefühl ausrichten. Wir hatten in unserer Wohnung in Jerusalem eine durchsichtige Glastür. Anfangs bin ich zweimal dagegen gerannt und habe mir Beulen am Kopf geholt. Habibi ist auch gegen die Glastür gerannt und hat sich seither nicht mehr getraut, ohne Begleitung diese gefährliche Barriere zwischen Wohnzimmer und Küche zu überwinden. Er ist seither oft allein vor der Glastür stehen geblieben, obwohl sie meistens weit geöffnet war, und hat gewimmert. Ruben hat dann ein Plakat auf die Glastür geklebt und eine Papierblumenkette. Seither ist niemand mehr gegen die Glastür gerannt, nur Habibi sitzt immer noch wimmernd davor. Im Hamburger Bahnhof waren keine Plakate an den Lichtwänden.

Es hat noch einen zweiten Raum gegeben, darin wurden breite Lichtröhren von Scheinwerfern quer durch den Raum simuliert. Sie wirkten wie materielle Röhren, in denen Menschen stehen. Wenn die Menschen aus den Röhren kamen, verschwanden sie sofort im Nebel. Und aus dem Nebel sind andere Menschen aufgetaucht und haben Lichtwände durchbrochen. Es war, als hätte plötzlich niemand mehr einen festen Körper gehabt. Jeder konnte Wände durchdringen wie sonst nur Röntgenstrahlen. Ich hatte das Gefühl, in diesem virtuellen Raum schlechter zu hören als sonst, schlechter zu sehen und mein Gleichgewicht kaum halten zu können.

Nachdem sie die Zauberwelt verlassen und sich auf eine Bank im Sonnenlicht gesetzt habe, sei ihr klar geworden, dass sie damals, als sie so viele starke Tabletten nehmen musste, ständig in einer vergleichbaren virtuellen Welt gelebt habe. Überall von ihren Armen, Schultern, Beinen, dem Kopf, aber auch von den Gegenständen um sie herum seien Fäden gespannt gewesen wie Lichtstrahlen. Sie habe oft Mühe gehabt, sagte Sarah, sich nicht in diesen Fäden zu verheddern. Auch damals am Roten Meer, als sie so schwach gewesen sei, dass sie sich kaum habe bewegen können, hätten Lichtfäden sie überall festgezurrt. Sie glaube, alle Menschen sollten wissen, dass es Situationen gebe, in denen nichts mehr gelte. Keine Erfahrungen, keine Naturgesetze, keine Moral. Dass es vielmehr einen Unterschied gebe zwischen der Welt, wie wir sie sähen, und der Welt, wie sie wirklich sei. Im Lichtraum von McCall, sagte Sarah, habe ich mich inmitten all der Strahlenfäden glücklich gefühlt. Ich bin frei gewesen.

Die insgesamt sechs Monate, die sie in Berlin verbracht habe, seien außergewöhnlich intensiv gewesen. In jeder Hinsicht. Sie sei noch in vielen Ausstellungen gewesen, habe noch viele Orte ihrer Kindheit besucht, habe vor Daniels Schule und vor der Wohnung gestanden, wo seine Mutter heute lebe, habe die Humboldt-Universität besucht sowie die Berliner Sternwarte und die Sternwarte Berlin-Babelsberg und sogar eine Wohngemeinschaft gefunden, in der Noah und sie im folgenden Herbst hätten wohnen können. Es sei ihr so erschienen, als hätte sich alles geballt, Gegenwart und Vergangenheit, Erlebtes und auf den Ausstellungen Gesehenes. So als wäre für kurze Zeit der viele leere Raum, der zwischen einem Atom und seinem Kern ist, herausgepresst worden und sie hätte ihr ganzes Leben in einem kleinen Stück Kiesel unter den Füßen gespürt. Oder als wäre sie an einem Schnittpunkt zwischen den Zeiten, die es ja gar nicht gebe, angelangt, und dieser Schnittpunkt sei ihr ganzes Leben gewesen, einschließlich der Zukunft, die noch kommen werde, obwohl es auch sie nicht gebe, da es immer nur Gegenwart gebe, in der man zurück oder nach vorne denke. Und sogar diese Gegenwart gebe es genau genommen nicht. Denn wo würde die Gegenwart anfangen und wo aufhören?

Vielleicht in den Lichträumen McCalls im Hamburger Bahnhof.

Daniels Grab war ohne Blumen, sagte Sarah. Ein großer weißer Stein, auf den ich kleine Steine legte.

Eines Tages sei dann der Anruf von Ruben gekommen. Sie könne sich nicht mehr an den genauen Wortlaut erinnern. Etwas Schreckliches sei passiert, habe es wahrscheinlich geheißen, Noah sei von der Kuppel des Observatoriums in der Negevwüste gesprungen. Sarah schwieg. Es dauerte eine Weile, sagte sie dann, bis ich verstand, dass Noah tot war. Ich bin noch in derselben Nacht nach Israel zurückgeflogen.

In Berlin kann ich jetzt nicht mehr leben. Deshalb habe ich mir überlegt, es mit Österreich zu versuchen.

Einundzwanzigster Tag

Vielleicht ist die vollständige Aneignung einer anderen Sprache die einzige Möglichkeit, die Zeichen loszuwerden, denen wir von Anfang an unterworfen sind. Sarah hatte, bevor die Familie nach Israel auswanderte, kaum ein Wort Hebräisch gesprochen. Ich weiß noch, wir hatten uns damals darüber gewundert. Aber Marieluise war der Meinung gewesen, was für Jakob und sie zur Vorbereitung auf das neue Leben unabdingbar sei, sei für die Kinder überflüssig: ein Sprachkurs. Sprachkurse sind wie Disketten, hatte sie damals gesagt. Nur was auf der Festplatte gespeichert ist, wird zur Heimat.

Sarah und ich lagen mit je einem grünen Cocktail, den Filippa hergestellt hatte, auf der Mole und schauten in den sternenübersäten Himmel.

Israel sei den Umgang mit Immigranten aus den verschiedensten Ländern gewohnt, sagte Sarah. Sie habe anfangs im Gymnasium in Jerusalem in einem Sonderkurs diese herrliche Schrift gelernt, mit den Bögen und Schwüngen und Punkten, die man von rechts nach links schreibe. Ansonsten habe sie den hebräischen Unterricht besucht. Anfangs stumm und ohne viel zu verstehen. Nach einigen Monaten habe sie dann plötzlich Hebräisch gesprochen. Und zwar, so wurde es jedenfalls in ihrer Familie kolportiert, gleich fließend und ohne Akzent. Sie glaube heute, sie habe als Kind parallel in zwei jeweils in sich geschlossenen Welten gelebt, in einer deutschen und in einer hebräischen Welt. Zwischen den beiden Welten habe es für sie keine Verbindung gegeben. Unübersetzbar die eine in die andere. Später hätten sich die Welten endgültig getrennt. Die deutsche Welt sei immer weiter von ihr weggerückt, und die hebräische Welt sei näher gekommen. Wenn sie Deutsch gesprochen habe, sei ihre Stimme höher gewesen als im Hebräischen.

Kurz vor unserer Abreise auf die Insel hatte ich mit einer kroatischen Nachbarin gesprochen, die meinte, die Probleme in ihrer Liebesbeziehung mit einem Österreicher entstünden aus der Sprache. Sie sei, hatte sie gesagt, auf Deutsch gröber als auf Kroatisch. Bestimmte Dinge, die sie auf Deutsch zu dem Geliebten sagte, würde sie nie auf Kroatisch sagen. Aber dadurch bin ich auch sicherer, hatte sie gesagt. Wirklich verletzen kann man mich nur auf Kroatisch.

Die Spaltung in verschiedene Welten hat schon in meiner ganz frühen Kindheit angefangen, sagte Sarah. Ich bin sechs Monate alt gewesen, als meine Familie von Hamburg nach Berlin zog. Ab diesem Zeitpunkt sind wir auch mehrmals jährlich nach Aix-en-Provence gefahren, um unsere Verwandten väterlicherseits zu besuchen. Ich habe als Kind mit meinen Verwandten französisch gesprochen. Auch da habe ich schon, sagte Sarah, in zwei Welten gelebt. Französisch war meine Verwandtschaftswelt. Sie war weicher, heimeliger. Weniger brüchig als die deutsche.

Noah hat als Kind weder Französisch noch Deutsch gesprochen, sondern meistens geschwiegen. Aber seit dem Jahr, in dem er auf einmal zu sprechen begann, sprach er nach kürzester Zeit auch Französisch und Hebräisch. Hebräisch brachte er sich selbst bei. In Noahs Grundschule in Israel, sagte Sarah, seien sie der Ansicht gewesen, dass der Mensch zuerst einmal schreiben lernen solle und dann erst rechnen. Folglich wurde in der ersten Klasse, die Noah in Israel besuchte, kaum gerechnet. Er sei empört gewesen. Eine Schule, in der man nicht rechnet, war für ihn keine ordentliche Schule. Er hätte viel lieber stundenlang gerechnet. Rechnen sei ihm immer schon logischer erschienen als Sprechen.

Maya und Filippa hatten sich mit ebenfalls je einem neongrünen Cocktail zu uns auf die Mole gesellt. Wir lagen alle vier auf dem Rücken, während über uns diese unglaubliche Himmelskuppel blinkte und leuchtete.

Vielleicht wegen des Weltalls, sagte Filippa. Über das Weltall kann man nicht sprechen, man muss es berechnen.

Mir war das Weltall schon immer reichlich egal. Einfach zu weit weg. Aber hier liegend schauderte es mich, wenn ich an all die Galaxien dachte, die ununterbrochen durch eine Unermesslichkeit rasten.

Noah hat gesagt, sagte Sarah, dass sich Sterne an den äußersten Rändern von Galaxien viel zu schnell bewegen. Deshalb sei man auf die Idee von der schwarzen Materie gekommen.

Der ganze Nachthimmel ist schwarz, sagte Maya, und wieso sollten sich die Sterne nicht so schnell bewegen, wie sie wollen?

Weil es dem Verhältnis zwischen Gravitation und Zentrifugalkraft zuwiderläuft, hat Noah mir erklärt, sagte Sarah. Je näher sich ein Körper bei dem Objekt befindet, das es in der Umlaufbahn hält, desto schneller ist es, je weiter weg, desto langsamer. Die Sterne an den äußersten Rändern von Galaxien bewegen sich schneller, als sie von der Materienmenge, die gemessen wurde, in der Umlaufbahn gehalten werden könnten. Also nimmt man an, dass es da oben Materie gibt, die wir nicht sehen können.

Wir schwiegen und starrten alle vier noch lange in die unsichtbare Materie.

Hat Daniel eigentlich Hebräisch gesprochen, fragte ich Sarah am nächsten Tag, als sie zeichnete und ich Gemüse für eine Minestrone in feine Streifen schnipselte. Nein, sagte sie, er habe sich geweigert. Man komme in Israel überall mit Englisch durch. Englisch sei eine merkwürdig neutrale Sprache. In der Kunstschule, die er besucht habe, sei Englisch sogar Unterrichtssprache gewesen. Daniel sei auch im Gegensatz zu ihnen allen nicht zum Judentum konvertiert. Am meisten Horror habe er aber vor dem Wehrdienst gehabt. Drei Jahre beim Militär seien für ihn unvorstellbar gewesen. In Israel diene die Militärzeit unter anderem der Anpassung der Einwanderer an das Land. Es gebe Hebräischkurse, Einführungen in Religion, Politik, Geschichte Israels und dergleichen. Genau das habe Daniel aber nicht gewollt: Anpassung. Sie glaube, dass er sich in der israelischen Gesellschaft nie wirklich wohlgefühlt habe. In Deutschland kümmere sich ja niemand um den anderen. Das sei in Israel anders. Wer in Not gerate, dem werde geholfen. Und dass Daniel in Not gewesen sei, habe ja letztlich jeder gesehen. Aber das habe Daniel nicht zugeben wollen. In der Familie auch keiner. Sie habe gehört, wie eine Freundin zu ihrer Mutter gesagt habe, dass Daniel ihrer Meinung nach ein Pulverfass kurz vor dem Explodieren sei. Ja, ich weiß, habe ihre Mutter nur gesagt. Und nichts getan. Der Vater sowieso nicht. Jakob sei der Meinung gewesen, er habe alles im Griff. Aber einen Süchtigen könne man gar nicht im Griff haben.

Zweiundzwanzigster Tag

Alles verändert sich ständig. Menschen, Landschaften, Situationen. Selbst Erinnerungen.

So wird jeder im Nachhinein an etwas anderes denken, wenn er an die Insel denkt. Bestimmte Disteln werden vielleicht im Kopf eines jeden auftauchen, ebenso wie bestimmte Gedanken, bestimmte Getränke (ganz sicher Sekt und Aperol), vielleicht Sonnenuntergänge, weil sie die Eigenschaft haben, sich zu einem einzigen Sonnenuntergang zu verdichten. Liegt wahrscheinlich an den vielen Postkarten von Sonnenuntergängen, die jeder von uns schon gesehen hat. Eines ist klar: Niemand hat ein vollständiges Bild der Insel. Trotzdem können wir uns darüber verständigen. In unserer Vorstellung verständigen wir uns besser als in unserer Wirklichkeit. Unsere Vorstellung ergänzt die Äußerungen, die Gedanken, die Erinnerungen, die nicht mitkommuniziert werden. Die Erkenntnis, dass wir aneinander vorbeireden, dass jeder von uns etwas anderes meint, wenn wir Insel sagen oder Trauma oder Tod, ist gerade noch zu verkraften, könnten wir auch nur einen Augenblick aus dem Kopf unseres Gegenübers sehen, würden wir verrückt werden. So weit liegen die Vorstellungen auseinander. Und so nah sind sie einander andererseits, dass wir erschrecken. Sarahs Geschichte wird eingehen in die Erinnerung an diese Insel, sie wird sie verändern.

Momentan ist die größte Veränderung eine einsame Tiefkühltruhe auf den Felsen in der Bucht vor unserer Bucht und ein großer Stapel Holz, der neuerdings zwischen unseren Häusern und den zwei unbewohnten Häusern in der nächsten Bucht steht. Offenbar bedeutet eine rostige Tiefkühltruhe, die irgendwo ohne Strom weit und breit steht, eine Art Landbesitznahme. Wir hatten bereits in den vergangenen Jahren über dieses Phänomen gesprochen. Bei unseren Bootsfahrten war uns aufgefallen, dass überall dort, wo auf einer der vielen Inseln rundum eine Tiefkühltruhe abgestellt worden war, was wir zunächst für eine unschöne Art der Müllentsorgung gehalten hatten, irgendwann in den folgenden Jahren auch ein Haus oder eine Hütte stand. Wird unsere einsame Insel mit der Zeit eine einzige große Ferienanlage werden? Noch ist es laut Kresimir nicht einfach, hier zu bauen, es sei denn, man täte es heimlich und würde nicht dabei erwischt, bevor das Haus stehe. Den Besitzer des Landes eine Bucht davor habe man dabei ertappt, wie er das Fundament gegossen habe. Daraufhin sei sofort ein Baustopp verordnet worden. Von einem Plan, zwischen unserer Bucht und der Bucht mit den zwei leer stehenden Häusern zu bauen, hat Kresimir nichts gesagt. Was sonst aber soll der große Stapel Holz bedeuten? Vielleicht ist unsere Zeit auf der Insel ja bald vorbei.

Man muss eben loslassen können, sagte Sarah. Alles ändert sich ununterbrochen.

Auch die Liebe. Sie sei fast drei Jahre lang mit Moshe zusammen gewesen. Habe sich aber vor einem Jahr von ihm getrennt. Er habe ihre Einsamkeit nicht akzeptieren können. Und sie habe nicht damit leben wollen, dass er nicht habe versprechen können, sich nie umzubringen.

Ich fragte Sarah, ob sie Daniel verzeihen könne.

Sie schüttelte den Kopf.

Verzeihen nicht, nur lieben, sagte sie dann.

Hadassah, 6. Februar 2010

Ich habe nicht das Gefühl, dass sich irgendetwas geändert hat, jetzt, wo ich in der Traumatherapievorbereitung bin. Derselbe Trott: täglich Ergotherapie (Freundschaftsbänder knüpfen), wöchentlich zweimal Einzeltherapie bei der schweigsamen Psychologin, einmal wöchentlich mit dem Psychiater, autogenes Training. Aus. Eigentlich wurde nur die Tablettendosis leicht verringert. Mein Psychiater sagt, es geht jetzt um die Reduzierung der Selbstgefährdung, um Alltagsstabilität, die Schaffung sicherer Räume, um Vertrauen, Verlässlichkeit, Paktfähigkeit. Na ja.

Hadassah, 10. Februar 2010

Ich bin sauer! Sie haben Rahel von mir abgezogen. Angeblich gefährdet der Kontakt zu ihr meine Traumatherapie. Weil ich mit ihr statt mit meiner Psychologin rede. Aber das liegt nicht an mir. Es liegt an der Psychologin. Sie sagt ja nichts. Ich müsste mich ihr regelrecht aufdrängen. Wer erzählt schon Intimitäten, wenn das Gegenüber schweigt und schweigt. Angeblich ist das Absicht. Ich soll nicht reden, weil mich jemand fragt, sondern weil ich reden will. Ich will aber mit Rahel reden.

Hadassah, 12. Februar 2010

Hab mich so aufgeregt, dass sie mich wieder niedergespritzt haben. Soll das vertrauensbildend sein? Rahel ist heute gekommen und hat mir erklärt, dass sie noch in der Ausbildung ist. Sie darf angeblich gar nicht mit mir reden. Das glaubt sie doch selber nicht. Zuerst wollen sie, dass ich rede, dann rede ich, soll aber nicht mit dem reden, mit dem ich reden will, sondern mit dem, mit dem sie wollen, dass ich rede. Auch mein Psychiater hat plötzlich keine Zeit mehr für mich. Ich hasse die Psychiatrie!

Hadassah, 15. Februar 2010

Es ist quälend. Die Psychologin geht jetzt mit mir spazieren. Aber sie schleicht dahin wie eine Schnecke. Wahrscheinlich glaubt sie, Bewegung erleichtert mir das Reden. Aber ich hab gar keine Schwierigkeiten mit dem Reden. Ich hab nur Schwierigkeiten mit ihrem Schweigen.

Hadassah, 16. Februar 2010

Ruben, Ariel und Noah sollen mich auch nicht mehr besuchen. Ausgerechnet jetzt! Das hätten sie sich früher einfallen lassen sollen. Als ich dringend Ruhe gebraucht habe. Jetzt will ich Besuch haben! Was wollen die von mir? Dass ich mich ihren Anweisungen unterwerfe? Ich hasse Bevormundung. Verstehen sie das unter Paktfähigkeit? Zu lesen hab ich auch nichts mehr. Wenn ich nicht um acht Uhr schlafen will, muss ich mir jetzt Vorabendserien im Fernsehen anschauen. Super! Muss man verblöden, um therapiefähig zu werden? Moshe gibt mir recht. (Ist der eigentlich immer in der Psychiatrie?)

Hadassah, 18. Februar 2010

Ich habe nichts gegen meine Psychologin. Im Gegenteil. Sie ist mir sympathisch. Ich finde es auch total in Ordnung, dass sie nichts sagt. Es wird sowieso zu viel geredet. Aber warum soll ausgerechnet ich reden, während sie schweigen darf? Moshe behauptet, dass er sich in mich verliebt hat. Ich glaub ihm kein Wort. Er sucht eine Verbündete.

Hadassah, 22. Februar 2010

Bin jetzt angeblich seit zwanzig Tagen in der Traumatherapievorbereitung. Zu Pessach werde ich für eine Woche nach Hause entlassen. Bis dahin will ich aber mit der Konfrontation durch sein.

Moshe und ich sitzen, während die Arztserien im Fernsehen laufen, im Raucherzimmer. Stinkt dort ziemlich. Wir spielen Karten. Moshe hat es mir beigebracht. So vergeht die Zeit. Einmal in der Woche ruft Ruben an. Noah geht es gut. Ariel hat eine Ausbildung als Krankenpfleger begonnen. Ich bin erstaunt. Er wollte nach dem Militär doch Physiker werden.

Hadassah, 26. Februar 2010

Moshe hat mir eine Dauerwelle gemacht. Einfach so. Er kann das echt gut. Dafür, dass er so etwas noch nie gemacht hat. Hat alle möglichen stinkenden Flüssigkeiten und verschiedenfarbige Lockenwickler eingeschmuggelt und losgelegt. Es hat höllisch gebrannt auf meiner Kopfhaut, aber ich habe jetzt schöne große Locken, die alle kahlen Stellen verdecken. In der Psychiatrie haben sie ein totales Theater gemacht deswegen. Angeblich waren meine Wunden noch nicht vollständig verheilt. Moshe wurde mit Entlassung gedroht, ich musste einen Bluttest machen.

Ich glaube, sie vermuten jetzt auch eine narzisstische Persönlichkeitsstörung. Warum nicht gleich Borderline? Ich will weder im Mittelpunkt stehen noch manipulieren. Ich will nur lesen. Und keine blödsinnigen Telenovelas anschauen. Angeblich bin ich auch kontaktgestört. Aber ich will mich weder über Fernsehserien noch über Schminkprobleme mit den Tussis hier unterhalten. Mein Kontakt mit Moshe wiederum gefällt denen gar nicht.

Hadassah, 28. Februar 2010

Gestern Abend hat Purim angefangen. Einige Psychologen und Pfleger laufen maskiert herum. Heute soll unten im Festsaal ein Umzug stattfinden. Ich werde nicht hingehen.

Ich lerne jetzt zweimal wöchentlich Entspannungstechniken nach Jacobsen. Gefällt mir. Man spannt nacheinander jeden Muskel des Körpers einzeln an, hält die Spannung ein paar Sekunden und entspannt sich dann. Sehr angenehm. Überhaupt sind mir die Körpertherapien bis jetzt am liebsten. Am Ende der Entspannungsübungen sollen wir an etwas Schönes denken. Ich stelle mir vor, ein Vogel zu sein. Manchmal ein Fisch.

Hadassah, 1. März 2010

Endlich hat der Psychiater mal wieder vernünftig mit mir gesprochen. Er hat verneint, dass er eine narzisstische Störung bei mir vermutet. Er sagt, ich würde nur versuchen, mich von meinen Problemen abzulenken. Durch Lesen, Besuch, Moshe. Das sei aber ganz normal. Es gehe auf gar keinen Fall darum, mir irgendetwas aufzuzwingen. Alles liege bei mir. Und auch die Ablenkungen hätten ja einen Sinn. Sie würden mein Gehirn trainieren, sich ablenken zu lassen. Ob ich Angst hätte, meine Familie zu verlieren, wenn sie mich nicht besuche? Nein, habe ich nicht. Ich weiß, dass sie alle zu mir halten.

Ob ich mich künstlerisch betätigen wolle? Nein, will ich nicht.

Ich will endlich mit der Traumakonfrontation beginnen.

Was ich von ihm erwarte?

Ich habe »Vertrauen« gesagt, und er hat gelächelt.

Dreiundzwanzigster Tag

Während die Mädchen das Abendessen vorbereiteten – es sollte ein israelisch-österreichisches Menü in fünf Gängen geben –, brachen Josefine, Willi, Bruno und ich mit Habibi zur großen Gratwanderung auf. Nach einem Jugo vergangene Nacht hatte es abgekühlt, der Himmel war aber blau. Die Landschaft klar, alles wirkte wie frisch gewaschen, und wir schritten flott aus. Habibi war an diesem Abend – wahrscheinlich wegen der angenehmen Kühle – besonders unternehmungslustig, wich immer wieder von unserem Weg ab, pflügte durchs Dickicht, schnoberte unter Steinen und versuchte, armdicke Wurzeln von alten Olivenbäumen auszugraben. Oben auf dem Grat angekommen, unter uns links und rechts spiegelglattes kobaltblaues Meer mit weißen Segelbooten wie Spielzeugschiffchen, entfernte er sich immer weiter von uns. Wir sahen ihn immer wieder hier und dort sandfarben aufleuchten zwischen Dornenbüschen, auf großen Felsbrocken oder zwischen hohen dürren Gräsern. Als wir schließlich umdrehen wollten – die Sonne begann zu sinken –, war Habibi verschwunden. Weder Rufen noch Pfeifen half. War er vielleicht mal wieder gekränkt, weil Sarah nicht mitgekommen war, und versteckte sich in einem alten Stall oder unter einem Busch? Wir setzten uns auf die Stufen der Ruine unter den Feigenbaum und warteten. Die Sonne sank. Plötzlich hörten wir Habibi aus weiter Ferne bellen. Was war da los? Wen bellte Habibi an auf unserer einsamen Insel? War er womöglich bis zu der am nordwestlichen Ende der Insel liegenden Marina gelaufen? Das Bellen ging in schrilles Winseln über, dann wieder in Bellen. Und wenn er sich nun verletzt hatte? Womöglich mit seinen zarten Läufen zwischen zwei Felsen gerutscht war und sich nicht mehr selbst befreien konnte, oder wenn er gar in eine Doline gefallen war? Josefine und Willi waren der Ansicht, Habibi sei einem anderen Hund – wahrscheinlich ein Wanderer mit Hund, der von einem der in der Bucht ankernden Segelboote kam und die Hügel erklimmen wollte – begegnet und belle nun diesen anderen Hund an. Eindeutig, sagten sie, bellen da zwei Hunde. Sie schlugen angesichts der fortgeschrittenen Stunde vor, umzudrehen. Habibi werde schon alleine zu unseren Häusern zurückfinden. Aber ich wusste, dass überall in den Bergeinschnitten oder über Buchten hinweg ein starkes Echo zu hören war und dass Habibi schon öfter sein eigenes Echo mit einem anderen Hund verwechselt hatte. In meiner Vorstellung bellte Habibi aus einer Doline heraus, in der er gefangen saß, einen imaginären anderen Hund an, bis er vor Erschöpfung nicht mehr bellen konnte. Es wäre dann ganz still auf der einsamen Insel, und wir würden ihn nie mehr wiederfinden können. Ich stellte mir vor, wie ich Sarah, die in ihrem

Leben bereits fast alles, was sie geliebt hatte, verloren hatte, nach unserer Rückkehr von der Wanderung berichten musste, Habibi ganz allein in einer finsteren Doline zurückgelassen und dem Hungertod übergeben zu haben. Panik stieg in mir hoch. Es stand außer Frage, dass ich Habibi retten musste. Leider sank die Sonne unaufhörlich tiefer, und ich hatte meine optische Sonnenbrille auf, die den Weg noch dunkler machen würde. Aber ohne Brille wäre ich ganz verloren gewesen und hätte auch bei Tageslicht ohne Weg keinen Schritt vor den anderen tun können, ohne mich zu verletzen. Habibi bellte und bellte. Schließlich beschlossen wir, dass Josefine und Willi zum Haus zurückkehren sollten – wir decken inzwischen den Tisch und bereiten die Getränke vor, sagten sie – und Bruno und ich uns zur Rettung des Hundes aufmachen würden. Stirnlampen und Wasser hatte Bruno unter anderem in seinem Rucksack dabei. Ich bin noch nie so schnell über unwegsames Gelände gelaufen wie damals. Eigentlich bin ich von Stein zu Stein gehüpft wie eine Gämse. Das ist gefährlich, da man ohne Weg über Stock und Stein, getarnt mit Gräsern und dornigen Büschen, leicht umknicken kann. Aber in außergewöhnlichen Situationen bin ich offenbar absolut trittfest. Wir folgten, ich voranstürmend, Bruno langsamer hinterherkletternd, dem immer stärker werdenden Gebell. Nachdem wir über einige der niedrigen Mauern und zwei Felsen geklettert waren, hatten wir Ausblick über die südlichen Hügel und Buchten unserer Insel. Von dort aus sahen wir

Habibi in der übernächsten Bucht tief unter uns am Ufer des Meeres vor einem Schaf stehen und bellen. Sowohl Habibis Fell als auch das des Schafes leuchteten hell vor dem dunkelblauen Meer. Die Felsen fielen steil zur Bucht hin ab, und das Ufer bestand ebenfalls aus nichts als mehr oder weniger schroffen Felsbrocken. Gott sei Dank war Habibi wenigstens in keine Doline gefallen! Ich kann mich nicht erinnern, wie wir es geschafft haben, in Windeseile zuerst weiter am ohnehin schon unwegsamen Grat entlang und dann über noch unwegsamere Felsen in die übernächste Bucht hinunterzuklettern. Als wir in der Bucht ankamen, war Habibi gerade dabei, das Schaf ins Meer zu treiben. Obwohl wir ihm befahlen, sofort zu uns zu kommen, würdigte er uns nicht einmal eines kurzen Blickes. Er ließ sich in seinem Jagdfieber weder heranlocken noch einfangen, sondern kletterte mit seinen zarten Beinchen auf den spitzen Felsen am Meer herum. Das Schaf ebenso. Als ich mich schon ganz dicht an Habibi herangerobbt hatte, sprang das Schaf in seiner Panik auf einen winzigen Felsen im Meer, wo es blökend stehen blieb. Ich erwischte den laut winselnden Habibi am Schwanz und zog ihn zu mir. Bruno klickte die Leine ein. Wir hatten keine Zeit zu verlieren, ließen das Schaf auf seinem winzigen Felsen im Meer zurück und machten uns an den steilen Aufstieg. Noch konnte man die Felsen und vor allem die Einschnitte zwischen den Felsen in der Dämmerung erkennen. Ich, wegen der optischen Sonnenbrille, sicherlich etwas weniger als Bruno. Wir hasteten,

Habibi an der Leine hinter uns herziehend, den Hügel wieder hinauf und erreichten die Hügelkuppe sozusagen mit dem letzten Sonnenstrahl. Im ersten Moment fühlten wir uns gerettet und waren ganz sicher, den Pfad, der am Kamm der Inselkette entlangführt, bald zu erreichen. Aber schlagartig war es dunkel geworden, und die rasch aus Brunos Rucksack hervorgekramten Stirnlampen zeigten uns nur jeweils einen kleinen Abschnitt des Geländes. Alles, was für ein paar Meter wie ein Pfad oder Weg aussah, verlief nach kürzester Zeit im Gebüsch oder endete vor einem Felsen. Kurzum, was soll ich sagen: Wir verirrten uns im unwegsamen Gelände. Uns vorsichtig, nur jeweils Schritt für Schritt im Schein der Stirnlampe vorwärtstastend, verloren wir den Überblick. Wir wussten weder mehr, wo die Ruine, zu der wir so oft gewandert waren, lag, noch, welche der niedrigen Mäuerchen wir jeweils überquerten. Bekannt kamen sie uns alle vor. Aber waren wir bereits jenseits der Ruine oder noch davor, oder kletterten wir möglicherweise sogar in entgegengesetzter Richtung herum? Manchmal waren wir ganz sicher, einen Olivenhain oder ein Steinmeer wiedererkannt zu haben, und dann wieder meinten wir in einem uns bis dahin vollkommen unbekannten Teil der Insel gelandet zu sein. Auf diese Weise irrten wir ein paar Stunden umher. Wahrscheinlich im Kreis wie alpine Bergsteiger, die in Schnee und Nebel um die fünfzig Meter entfernte rettende Hütte kreisen, bis sie erfrieren. Wir wurden müde, und die Verletzungsgefahr stieg. Schließlich landeten wir auf einem offenbar steil abfallenden Felsgewirr. Die Spalten zwischen den Felsen, verdeckt von dürrem, hohem Gras, wurden tiefer. Einmal geriet ich mit einem Fuß in einen Spalt und konnte ihn nur mit Mühe wieder befreien, ein andermal stand Bruno bis zum Bauch in einem breiten Spalt. Als Habibi zu winseln begann und nicht mehr weiterwollte, beschlossen wir, auf den spitzen Felsen zu rasten. Habibi kroch auf meinen Schoß und keuchte. Wir gaben ihm unser letztes Wasser. Nach einer Rast von einer halben Stunde war klar, dass wir alle drei außerstande waren, in der Dunkelheit weiterzuklettern. Zwischen uns und der nächsten Bucht befand sich – so vermuteten wir richtig – ein Taleinschnitt, den wir nicht überwinden konnten. Verschiedene Schiffe unten in der Bucht, die wohl unsere Stirnlampen in der Dunkelheit hin und her irren gesehen hatten, blinkten rote Signale, was uns aber auch nichts nützte. In der Ferne sahen wir die Öllampe auf der Terrasse unseres Hauses leuchten. Wir beschlossen, den Morgen abzuwarten. Geschehen konnte uns nichts, es war warm, und wir hatten Jacken dabei. Auch eine Packung Mannerschnitten befand sich im Rucksack. Ich hatte noch sechs Zigaretten. Trotzdem fühlte ich mich wie in Eis und Schnee zurückgelassen. Da erst fiel uns ein, dass Bruno sein Handy dabeihatte. Es hatte sich noch nicht entladen! Als wir Josefine anriefen, die offenbar damit gerechnet hatte und sofort abhob, um den anderen mitzuteilen, dass wir im Gelände übernachten würden, dachten wir keinen Augenblick an

Rettung. Kein Grund zur Beunruhigung, sagte Bruno, morgen bei Tageslicht sind wir mit Habibi zurück. Kommt gar nicht infrage, sagte Josefine, wir sehen schon seit Langem das Licht eurer Stirnlampen auf der Hügelkette hin und her hüpfen. Außerdem ist das Essen fertig. Wir holen euch. Nie hätten wir, sehr unbequem auf spitzen Steinen hockend, gedacht, dass die Rettung gelingen könnte. Josefine und Willi, die aufgrund unserer Stirnlampenlichter besser wussten, wo wir uns befanden, als wir selbst, machten sich mit Taschenlampe und Öllampe auf den Weg. Wir sahen sie näher kommen. Schließlich blieb Josefine mit der Öllampe auf dem gesicherten Trampelpfad stehen, und Willi machte sich mit der Taschenlampe – immer in Sichtweite von Josefines Öllampe – ein Stück auf den Weg durchs felsige Gelände. Die Taschenlampe kam langsam näher, bis wir schließlich auf Rufweite mit Willi waren. Erst mit einem Orientierungspunkt in der inzwischen absoluten Dunkelheit war auch für uns Rettung vorstellbar. Bruno stopfte den erschöpften Habibi in seinen Rucksack, und wir bewegten uns vorsichtig auf den Strahl der Taschenlampe zu. In zehn Minuten hatten wir Willi erreicht, und in weiteren fünf Minuten waren wir auf dem Trampelpfad bei Josefine. Der Abstieg zu unserem Haus, der dann immerhin noch eine halbe Stunde dauerte, war trotz Sonnenbrille ein Honigschlecken.

Zu Hause wurden wir mit Hallo empfangen, die Mädchen fotografierten Habibi im Rucksack, aus dem nur sein Kopf hervorschaute. Wir aßen dann Unmengen von dem fünfgängigen israelisch-österreichischen Menü, betranken uns mit der restlichen Rabiatperle, die wir einige Tage zuvor von der Konoba mitgebracht hatten, und waren heilfroh, mit Habibi in Sicherheit zu sein. Ein Restschock aber blieb: So schnell können die Dinge sich wenden. Jemand nimmt eine Spur auf. Jemand rastet aus. Jemand verschwindet.

Zu fortgeschrittener Stunde erzählten alle von ihren Abenteuern und überboten sich dabei an wilden Begegnungen. Maya war früher, als ganz junges Mädchen, bevor sie an Panikattacken litt, zum Entsetzen ihrer Eltern so unerschrocken gewesen, dass sie ohne Geld per Autostopp irgendwohin losgefahren und schließlich, nachdem sie die Annäherungsversuche eines Autofahrers abgewehrt hatte, ohne die geringste Ahnung zu haben, wo sie sich befand, von diesem nachts aus dem Auto geworfen worden war. In ihrer Unerschrockenheit hatte sie damals auf die andere Straßenseite gewechselt und in die Gegenrichtung gestoppt und war wie durch ein Wunder nach einer halben Nacht und einem halben Tag wieder in ihrer Heimatstadt gelandet. Wahrscheinlich, sagte Maya und lachte, bin ich damals ein paar Stunden in Italien gewesen.

Filippa hatte sich mit Freunden bei einer Wanderung in der Türkei verirrt, sich in der Dunkelheit irgendwohin zum Schlafen gelegt und musste in der Früh feststellen, dass sie auf einer Müllhalde übernachtet hatte. Willi und Josefina hatten in der kanadischen Wildnis in ihrem Zelt übernachtet, als auf einmal ein Bär um das Zelt herumschlich und sich schließlich in einem Baum über dem Zelt niederließ. Sie hatten den ganzen nächsten Tag nicht gewagt, das Zelt zu verlassen. Sarah setzte dem Ganzen die Krone auf: Sie hatte während ihres Zoologiestudiums drei Monate mit einer Freundin ein Praktikum in einem Wildreservat Zentralafrikas absolviert, wo sie eines Nachts draußen in Schlafsäcken übernachtet hätten. Mitten in der Nacht seien zwei Geparden gekommen und hätten sich, wahrscheinlich um sich zu wärmen, auf sie draufgelegt. Neben dem erheblichen Gewicht und der Angst, die sie hätten aushalten müssen, sei der bestialische Mundgeruch der Geparden das Schlimmste gewesen.

Vierundzwanzigster und fünfundzwanzigster Tag

Warst du eigentlich dabei, fragte Sarah, als wir am nächsten Tag wilden Rucola in dem verwilderten Garten des alten Hauses pflückten, als meine Eltern sich kennenlernten?

Nein, sagte ich, da habe ich schon in Berlin gelebt und Marieluise noch in Hamburg. Erst als ich ein halbes Jahr später nach Hamburg gefahren bin, weil ich dort eine Lesung hatte, lernte ich Jakob kennen.

Ich setzte mich auf einen Stein, der möglicherweise einmal zu einer kleinen Mauer im Garten gehört hatte.

Was hattest du für einen Eindruck von ihm?, fragte mich Sarah und pflückte weiter Rucola. Er sah gut aus, sagte ich, meine bereits gesammelten Blätter wie einen Blumenstrauß in der Hand haltend, trug meist Jeans und weiße Hemden. Zwischen den mittleren Vorderzähnen hatte er eine winzige Lücke, die ihn eine Spur lispeln ließ. Nur wenn er lachte, sah man sie. Später hat er das irgendwie regulieren lassen. Er hatte etwas Jungenhaftes, Charmantes, Liebenswertes.

Er hatte auch eine andere Seite, sagte Sarah.

Ja, sagte ich.

Dabei erinnerte ich mich, dass Jakob während eines Picknicks an der Spree einmal spätnachts nach reichlichem Weingenuss vom Jom-Kippur-Krieg in Israel erzählte, an dem er angeblich als junger Mensch teilgenommen hatte: Für jeden toten Araber eine Kerbe im Gewehrkolben!, hatte er gesagt. Ich hatte es damals für eine Provokation gehalten. Aber das erzählte ich Sarah nicht.

Manchmal hatte Marieluise in unserer gemeinsamen Berliner Zeit scheinbar grundlos am Telefon geweint und so leise gesprochen, dass ich sie kaum verstand, dann wieder hatte sie euphorisch davon berichtet, wie Jakob einen Schauspieler, der während der Tournee getrunken hatte, auf der Stelle entlassen und bereits am selben Tag einen Ersatz gefunden hatte, so dass die Tournee beinahe ohne Unterbrechung hätte weitergehen können. Einmal, als sie mich angerufen hatte, war im Hintergrund ein Höllenlärm zu hören gewesen. Jakobs drei Söhne aus erster Ehe seien jedes zweite Wochenende bei ihnen, hatte Marieluise gesagt, und dürften sich bei ihrer leiblichen Mutter, nachdem Jakob ausgezogen war, anscheinend alles erlauben. Auf einmal hatte sie in einer Lautstärke und Aggressivität, die ich ihr nie zugetraut hätte, »Ruhe!« geschrien. Der Hintergrundlärm war augenblicklich verstummt.

War Jakob jemals jähzornig oder aggressiv, als du dabei warst?, fragte Sarah, immer noch eifrig mit Pflücken beschäftigt. Ich dachte lange nach. Eigentlich nicht, sagte ich und wunderte mich selbst darüber. Aber es fiel mir keine einzige Situation ein, in der er zu uns, Marieluise oder Sarah und Noah aggressiv gewesen wäre. In dem Haushalt von Sarahs Eltern herrschte eher preußische Disziplin. Marieluise war eine Intellektuelle und keine südländische Mamma. Ich erinnere mich nicht, dass sie eines ihrer Kinder gestreichelt oder auf ihrem Schoß sitzen gehabt hätte.

Wir hatten genug Rucola gesammelt. In der Küche war der von Sarah vorbereitete Pizzateig, den wir am Ende mit Rucola belegen wollten, aufgegangen. Sarah schleuderte ihn, wie es sich gehört, immer wieder auf den Küchentisch, um ihn geschmeidig zu machen. Im Pizzateig sollen sich keine Knötchen bilden, er soll seidig glatt sein, bevor er ausgewalkt wird und in das Rohr kommt.

Einmal hatte mir Jakob im Café Goldberg in Berlin, an dem er beteiligt gewesen war, alte Fotos von einem ausdrucksstarken, gut gekleideten Mann in verschiedenen Posen gezeigt. Die Fotos waren offenbar stark vergrößert worden, die Auflösung war nicht die beste gewesen. Auf einem Porträtfoto hatte der Mann von unten nach oben in die Kamera geschaut, dem potenziellen Betrachter direkt in die Augen. Auf einem anderen hatte er lässig an einem Kaminsims vor einem Spiegel gelehnt, das Kinn in eine Hand gestützt. Dann erinnere ich mich nur noch an ein drittes, auf dem er in einem kahlen Raum auf einem einfachen Stuhl saß, ein Bein über das andere gelegt, und eine Partitur studierte.

Mein Großvater mütterlicherseits, hatte Jakob gesagt, Tänzer und Choreograf. Er hatte in den Zwanzigerjahren zu den ersten freien Tänzern Deutschlands gehört und eine eigene Tanzcompagnie gegründet, mit der er dem Tanz durch größte Künstlichkeit jeder Bewegung seine Natürlichkeit wiedergeben wollte.

Er war immer mein Vorbild. Leider habe ich ihn nie kennengelernt.

Ist er früh gestorben?, hatte ich gefragt.

Ja, hatte Jakob gesagt, in Auschwitz. Sie haben ihm ein rosarotes Tutu angezogen und ihn im Kreis tanzen lassen. Nachher hat er sich in den Elektrozaun geworfen.

Am nächsten Morgen war alles dunstig und rosarot. Über das Meer zog ein rosaroter Schleier, die Berge gegenüber der Bucht, an denen man für gewöhnlich jeden Strauch erkennen konnte, waren kaum sichtbar. Die Luft war schwer, und es war unerträglich schwül. Wir frühstückten zusammen auf der Terrasse und unterhielten uns kaum. Alles war so unwirklich. Auch die eigenen Worte. Das selbst gebackene Brot zwischen den Zähnen knirschte. Bruno und ich hatten Kopfweh, Josefina und Willi fühlten sich schlaff, Maya und Filippa waren schlecht gelaunt. Nur Sarah lachte. Ich mag den Wüstensand, sagte sie, wenn der Wind ihn vor sich herschiebt, wenn er sich über dem Meer mit Wasser vollgesaugt hat und sich dann anschleicht und über die Landschaft wälzt, bis sie ihre Farbe verliert, verschwimmt und nur noch vage Konturen sichtbar sind wie bei verschleierten Frauen. Sie zog Filippa von ihrem Sessel hoch und nahm sie an beiden Händen. Komm, sagte sie, wir tanzen. Es ist wie unter Wasser oder wie im All, schwerelos. Die beiden drehten sich schwankend auf der Terrasse. Maya stand auf und tanzte auch mit. Die nächste im Reigen war Josefine. Am Ende torkelten wir alle wieder und wieder im Kreis, einander an den Händen haltend, immer schneller.

Das war fünf Tage vor unserer Abreise von der Insel.

Am nächsten Tag stand auf dem Zettel mit dem Spruch des Tages: »Eines Tages wachte W. auf und alle seine Sachen waren gestohlen und durch identische ersetzt worden.«

Hadassah, 8. April 2010

Alles ist jetzt klar.

Ich werde keiner Traumakonfrontation zustimmen.

Während der Pessach-Feiertage zu Hause habe ich alle Artikel, die damals über den Mord an unseren Eltern erschienen sind, gelesen. Ruben hat sie in einem Ordner gesammelt, den er hinter den Fotoalben versteckt hat. Ich weiß jetzt, was damals geschehen ist. Und genau daran will ich mich nicht erinnern.

Ich glaube, dass alle Berichte auf ihre Weise falsch sind. Aber ich werde sie als verschiedene Wahrheiten stehen lassen. Auch meine Erinnerung wäre nur eine Variation verschiedener Wahrheiten. Ich ärgere mich auch nicht über die gehässigen Verurteilungen Daniels, die in einigen, nicht in allen Berichten stehen. Auch nicht über den Voyeurismus. Und darüber, dass ich damals weggelaufen bin. Ich war fünfzehn Jahre alt. Alles war, wie es war.

Hadassah, 10. April 2010

Ich werde eine Version der Ereignisse niederschreiben, die ich aus den verschiedenen Zeitungsartikeln zusammenstelle. Das wird dann meine Version sein. Ich werde mich dabei an nichts erinnern, ich werde niemanden verurteilen und nichts entschuldigen. Diesen Bericht bin ich mir und der Klinik schuldig. Mir wurde erlaubt, dazu einen Laptop mit Internetverbindung in meinem Zimmer zu benutzen. Sobald ich den Bericht geschrieben habe, werde ich die Klinik für immer verlassen.

Fünfundzwanzigster bis achtundzwanzigster Tag

Die Klarheit hatte über die Nacht gesiegt. Am Morgen war das Meer kräftig marineblau, davon messerscharf abgesetzt weiße Felsenuferränder, dunkelgrüne Rosmarinsträucher, von Blüten violett gesprenkelt, sattgrüne Palmen und Oleander mit strahlend weißen oder leuchtend roten Blüten, dazwischen braungrünes borstiges Gras, graue Steine und grauer Beton, rotbraune lehmige Wege. Zwei weiße Häuser mit grünen Rollläden und roten Dächern. Silbrige Olivenhaine. Am weißen Uferrand bunte Schwimmschlangen. Josefines gelbe Hängematte vertäut zwischen einem einzeln stehenden verwilderten Olivenbaum und einem ausladenden Busch. Zwischen den Sträuchern grellrot das Faltboot. Auf dem marineblauen Meer surft Bruno mit seinem größten Segel. Weil zu wenig Wind ist. Je mehr Wind, desto kleiner das Segel. Sagt Bruno. Weil er nicht unkontrolliert wegrasen will bis aufs offene Meer hinaus mit seinem Surfbrett. Mit Habibi auf unserem Hausberg stehend – wir nennen ihn Ölberg –, erkenne ich erst die Dimensionen. Bruno ist sehr klein auf seinem Surfbrett mitten im Marineblau. Würde er kentern, könnte ihn niemand von uns retten. Von hier oben aus sieht er in seiner Haltung unserem jüngsten Sohn ähnlich. Nur dass Paul niemals bei so wenig Wind surfen würde. Auf alten Fotos von Bruno sieht er auch von Nahem so aus, wie Paul heute aussieht. Sind die beiden einander auch charakterlich ähnlich? Beide sind umso geselliger, je fremder die Menschen sind, mit denen sie beisammen sind. Je näher, desto weniger mitteilsam. Paul vielleicht noch etwas mehr als Bruno. Beide ziehen sich schnell zurück. Paul hatte immer schon Geheimnisse vor Bruno. Nicht nur, dass er Cannabis rauchte, auch wenn er unglücklich war. Er hat sich immer nur heimlich, ohne zu fragen, Brunos Fernglas ausgeliehen, heimlich seinen Anzug, unerlaubt sein Auto. Warum? Eigentlich weiß ich bei beiden nicht, was in ihnen vorgeht. Paul nimmt keine harten Drogen, so viel scheint sicher. Bruno ist nicht depressiv – oder doch? Gibt es verlässliche Zeichen, bevor ein Unglück geschieht? Oder interpretiert man die Zeichen immer nur im Nachhinein als verlässliche, so wie bei Daniel? Trägt auch unser Sohn Paul einen alten Groll in sich, der sich in einer furchtbaren Explosion plötzlich entladen könnte?

Unten im Meer surft Bruno nun aufs Ufer zu, einzelne Schiffe und Fischerboote ziehen weiße Linien hinter sich her. Über ihnen kreisen Möwen. Wieder zoomt der Blick einzelne Gräser, Sträucher, Blätter, Dornen ganz nah heran und springt im nächsten Augenblick um auf das weite Meer, den riesigen Himmel, unendliche Hügelketten gegenüber. Hier, denke ich, möchte ich eines Tages sterben. In jedem Paradies steckt immer schon der Schrecken. Aber nicht ans Kreuz genagelt, denke ich sofort, wo doch der Körper schwer ist und an den Wunden zieht und trotzdem so lange nicht sterben kann, weil er zäh ist. Nicht an einem Schnitt durch die Kehle, bis alles Blut aus dem Körper gepumpt wird. Ängste, Phobien und Obsessionen entstehen auf einsamen Paradiesinseln. Jeder von uns hat seine eigenen. Tsunamis, die aus dem Nichts über uns hereinbrechen könnten, der Riesenhai, der plötzlich neben dem Surfbrett auftaucht und alles zerstört, bis das Meer sich rot färbt, Panik vor Schiffbrüchen, wo alle Kommunikationsmittel versagen, kein Handy mehr funktioniert und jeder auf sich allein gestellt ist. Der Wunsch, sich wie Habibi auf der Erde zu wälzen, Salzwasser zu trinken, sich für immer bedingungslos jemandem unterzuordnen.

Der Wind zerrt an meiner Jacke und an Habibis Ohren. Habibi will zurück.

Der Abstieg vom Ölberg ist beschwerlich. Hier gibt es keinen Weg. Nur schmale Pfade, die sich aber immer wieder verlieren. Der dichte Bewuchs an Stauden, stacheligen Gräsern und Kräutern verhindert die Sicht auf darunterliegende Steine und Felsbrocken. Auch Schlangen, die sich womöglich dort aufhalten, würden wir nicht sehen. Einmal stehen wir vor einem beinahe unüberwindbaren Felsen. Ich muss Habibi hinaufheben, er fasst nur schwer Fuß, dann muss ich selber auf dem Bauch hinaufkrabbeln und auf der anderen Seite mit Habibi im Arm auf dem Hintern wieder hinunterrutschen. Wenig später stehen wir in einem dicht verwachsenen, verwilderten Olivenhain. Etliche parasitäre Pflanzen halten einzelne Olivenbäume umschlungen, so dass das Licht durch die Zweige und Blätter milchig bis zu uns dringt und die zum Teil kahlen Äste der ausgewilderten Bäume nach uns zu greifen scheinen. Dazu die vollkommene Stille. Einen Moment ist es, als stünde die Zeit still, und es könnte sein, dass wir, zurückgekehrt zu unserem Haus, hundert Jahre weg gewesen wären und niemand von unserer Familie oder unseren Freunden noch lebte.

Am nächsten Morgen begann die Zeit zu kippen. Wenn sie gerade noch eine Ewigkeit gedauert hatte, war sie jetzt begrenzt. Nur noch drei Tage auf der Insel! Keine Zeit mehr, jetzt noch zu träumen oder zu grübeln, irgendwelche entscheidenden Gespräche zu führen, mit dem Schreiben zu beginnen, wieder keine Zeit mehr, um endlich einmal im alten Schafstall zu übernachten oder bis zur Marina auf der Südspitze der Insel zu wandern. Nicht einmal mehr Zeit, Salbei zu sammeln und zu trocknen, oben bei der Ruine Oliven zu pflücken, um sie daheim einzulegen, oder das restliche Schwemmholz zu bemalen. Ich war aus Zeitmangel wie gelähmt. Sarahs Tagebuch lag auf meinem Nachtkästchen.

Dem Rest der Inseltruppe schien es nicht anders zu gehen. Kein Kreischen und Lachen unten am Strand, nur ermattete Menschen im Schatten auf der meerabgewandten Terrasse. Keine fünfgängigen israelisch-österreichischen Menüs mehr. Der Alkohol- und der Zigarettenkonsum stiegen.

Nur noch drei Tage, noch zwei Tage

Die Zukunft drängte sich in die Gegenwart und verscheuchte sie.

Wir begannen aufzuräumen, zu packen, zu putzen. Wir begannen unruhig zu werden, beim Sonnenuntergang zu seufzen (Ach ja, der vorletzte Sonnenuntergang!), immer sprang jemand auf, um noch irgendetwas zu erledigen. Wie immer waren zu viele Lebensmittel übrig geblieben, wie immer mussten die Boote noch trocknen, bevor Bruno sie zusammenlegen konnte. Die Gespräche begannen sich um die nächste Zeit zu drehen. Willi würde eine Woche nach seiner Rückkehr nach London fliegen, um einen Dokumentarfilm über einen in den Siebzigerjahren berühmten Rockmusiker zu drehen, ich würde zur Frankfurter Buchmesse fahren. Josefine erwog, um Altersteilzeit in der Forensik anzusuchen, Maya hatte offenbar beschlossen, sich wegen ihrer Panikattacken in Therapie zu begeben, und Filippa, die seit ihrem achtzehnten Lebensjahr lustlos in einer Bank gearbeitet hatte, trug sich mit dem Gedanken, zu kündigen und eine Ausbildung zur Sozialarbeiterin zu beginnen. Nur Sarah und Bruno sprachen nicht über ihre Zukunftspläne, sondern lagen am Strand herum, als hätten sie alle Zeit der Welt.

Ich konnte Sarahs Krankenhaustagebuch auch am letzten Tag nicht zu Ende lesen. Sooft ich das Notizheft in die Hand nahm, sträubte sich alles in mir dagegen. Ich hatte Angst. Angst mit einer grauenvollen Mordgeschichte im Kopf von der Insel Abschied zu nehmen, mit ihr im Kopf neun Stunden mit dem Auto zurück nach Hause zu fahren, mit ihr im Kopf zur Buchmesse zu fahren. Schließlich legte ich das Tagebuch vor dem Schlafengehen auf Sarahs Bett im Geräteschuppen.

Neunundzwanzigster und letzter Tag

Kresimir holte uns am Samstag um zehn Uhr am Vormittag des 29. September 2013 von der Insel ab. Wir waren um sechs Uhr früh aufgestanden, hatten die Müllsäcke geschnürt, das Gepäck an den Pier geschafft und saßen inmitten unseres Gepäcks in der prallen Sonne auf dem Steg. Es war ein für Ende September ausnehmend heißer Tag. Die letzten zwei Flaschen Prosecco, die wir für unseren Abschied von der Insel am Vortag kaltgestellt hatten, wurden geöffnet, wir tranken ihn aus Pappbechern, um anschließend nicht noch einmal abwaschen zu müssen. Die Luft über dem Wasser, das an diesem Tag schwarz war von winzigen Fischen, die sich aus irgendeinem Grund in Scharen in unser Hafenbecken geflüchtet hatten, flirrte.

Ich ahnte plötzlich, dass es unser letzter Aufenthalt auf der Insel gewesen war. Bereits bei diesem Gedanken verschwand die Insel aus meinem Gedächtnis, sie wurde zu einer Chimäre, die sie vielleicht immer schon gewesen war. Noch ein letztes Mal schienen mir die beiden Häuser wirklich in der Mulde der zum Meer hin auslaufenden Hügel zu liegen, die Inselkette gegenüber real zu existieren, die Steine am Steg heiß unter den nackten Füßen zu brennen, dann verschwand die Insel mit unserem Besteigen des Fischerbootes in einem diffusen Licht. Die Zeit holte auf. Zehn Uhr, elf Uhr, zwölf Uhr, ein Uhr, zwei Uhr, drei Uhr. Das Ufer, der Hafen, das Beladen der Autos.

Die Heimfahrt verlief ohne Zwischenfall. Bruno und ich wechselten uns wie immer beim Fahren ab, Sarah und Habibi schliefen im Fond des Autos. Um zwei Uhr morgens kamen wir zu Hause an.

Dreißigster Tag, wieder zurück

Am nächsten Tag, als Bruno und ich gegen Mittag aufstanden, waren Sarah und Habibi verschwunden. Mitsamt ihrem Gepäck. Kein Brief, keine Nachricht. Nichts.

Als ich im Laufe des Tages meine Reisetasche auspackte, die ich in Brunos und meinem Schlafzimmer abgestellt hatte, fand ich obenauf Sarahs Tagebuch liegen. Sie musste es mir noch auf der Insel wieder zugesteckt haben.

Wir warteten bis abends, ob Sarah doch noch zurückkäme oder anriefe. Aber wir haben bis heute nichts mehr von ihr gehört. Die Festnetznummer des Hauses in Jerusalem ist ständig besetzt. Vielleicht ist sie längst nicht mehr gültig.

Ich verstand das Zurücklassen des Tagebuchs als Auftrag.

Es dauerte zwei Monate, bis ich die letzten Eintragungen lesen konnte. Die Insel betraten wir nie wieder.

Hadassah, 22. April 2010

Der Bericht ist fertig. Ich habe ihn auf Englisch geschrieben. Englisch ist eine neutrale Sprache. Weder auf Deutsch noch auf Hebräisch wäre es mir möglich gewesen:

»It all began with a quarrel between Daniel and Jakob in our house in Jerusalem in the late afternoon three days before Yom Kippur Eve … Noah und ich befanden uns mit unserer Mutter im zweiten Stock, wo wir einen Dokumentarfilm über die Entwicklung der Weltraumforschung ansahen, und bekamen deshalb nichts davon mit. Die Nachbarn sagten später der Polizei gegenüber aus, dass Daniel aus dem Haus gerannt sei, unser Vater hinter ihm her. Jakob habe geschrien: ›Es zahlt sich nicht aus, deshalb ins Gefängnis zu kommen.‹

Unser Vater holte Daniel schließlich ein, schnappte ihn am Hemd und zog ihn zurück ins Haus. Eine Weile war es ruhig, dann entflammte der Streit von Neuem, und die Nachbarn riefen die Polizei.

›Ich bin nicht sicher, worüber sie sich gestritten haben‹, wurde ein Nachbar in der Zeitung zitiert, ›sie haben Deutsch gesprochen. Es schien um das Restaurant zu gehen.‹ Ein Polizist, der am nahe gelegenen Markt stationiert war, traf kurz darauf ein. Jakob trat laut Zeitungsberichten vor das Haus und erklärte dem

Polizisten, dass es sich lediglich um einen Familienstreit handle. Da er ein blaues Auge hatte, versuchte der Polizist, ihn zu einer Anzeige zu überreden. Jakob verweigerte die Anzeige. Der Polizist wollte zumindest Daniels Identität überprüfen.

Unsere Mutter, die gerade mit Noah und mir vom ersten Stock herunterkam, erklärte sich bereit, Daniels Pass aus dem Safe im tiefer gelegenen Elternschlafzimmer zu holen. Noah und ich blieben laut Polizeibericht auf der Treppe stehen und beobachteten alles Folgende.

Jakob, Daniel und der Polizist hielten sich im ersten Halbstock auf und diskutierten. Daniel sagte, er wolle ein Glas Wasser holen, und ging in die Küche. Dort nahm er ein Messer an sich. Während Jakob und der Polizist weiter redeten, ging Daniel die Stufen zum Elternschlafzimmer hinunter. Marieluise kam gerade mit Daniels Pass in der Hand herauf. Auf halber Strecke stach er plötzlich auf sie ein. Sie schrie gellend und stürzte. Jakob lief mit dem Polizisten hinter sich hinzu. Er versuchte Daniel das Messer zu entwinden, aber Daniel war stärker und stach auch auf den Vater ein. Der Polizist begann zu schießen und feuerte acht Schüsse ab. Einer davon traf auch Jakob, aber laut Polizei starb Jakob an den Stichwunden und nicht an den Schüssen des Polizisten. Noah und ich rannten aus dem Haus zu den Nachbarn.«

Auf Wunsch Rubens und Ariels wurde Daniel nicht in Israel begraben. Unter dieser Bedingung durften unsere

Eltern am Vorabend von Jom Kippur in Jerusalem der jüdischen Zeremonie entsprechend bestattet werden.

Beim Begräbnis umarmten Ruben und Ariel einander über dem offenen Grab der Eltern und rezitierten das Kaddisch. Ruben entschied, die Armee zu verlassen und sich um uns zu kümmern. Ariel will ihm helfen. Wir haben keine Verwandten in Israel und wollen nicht nach Deutschland zurückkehren.

Es gibt ein Problem, sagte die Mutter von Ruben, Ariel und Daniel ein paar Stunden bevor sie mit dem Sarg ihres toten Sohnes nach Deutschland zurückflog: Ruben und Ariel glauben, dass sie alleine zurechtkommen werden mit der Erziehung der beiden Kinder, aber sie sind ja selbst gerade erst in dem Alter, wo sie ihr eigenes unabhängiges Leben beginnen könnten.

Hadassah, 23. April 2010

Ich habe dem Psychiater mitgeteilt, dass ich die Traumatherapie abbreche, weil ich mit den vergangenen Ereignissen nicht konfrontiert werden möchte. Der Psychiater hat gesagt, ich hätte mich damit bereits konfrontiert, sonst hätte ich den Bericht nicht schreiben können. Aber das stimmt nicht. Ich habe nur abgeschrieben, was ich in den Zeitungen gelesen habe. Ich selbst erinnere mich nach wie vor an gar nichts.

Er glaubt mir offenbar nicht. Sagt, ich solle unbedingt in Therapie bleiben. Es gehe jetzt nur noch um die Integration des bereits erinnerten Traumas in mein bisheriges und weiteres Leben.

Ich habe ein Formular unterschrieben und die Klinik für immer verlassen. Ruben musste auch unterschreiben, dass dies gegen ärztlichen Rat geschieht.

Ein halbes Jahr später, Nachschrift

Auch diese Erinnerung ist nichts als eine Chimäre. Zusammengestückelt aus verschiedenen Wahrnehmungen, Empfindungen, Fantasien, Konstruktionen einer Chronologie, Erzählungen Dritter, zeitgeschichtlicher Ereignisse, Fotos. Wir sammeln und vergessen irgendwelche Bilder, die wir im Fernsehen gesehen, irgendwelche Orte, die sich uns aus unerfindlichen Gründen eingeprägt haben, irgendwelche Menschen, die wie im Traum an uns vorbeigezogen sind, und am Ende glauben wir selbst daran, genau diese Bilder gesehen, an diesen Orten gelebt, diese Menschen gekannt zu haben. Beweisen können wir nichts. Nicht einmal die Tatsache unserer Geburt. Wer erinnert sich schon, aus welchem Leib er gekrochen ist? Die Eltern, die Verursacher unserer Existenz, sterben, wir behalten nichts zurück als eine Urkunde, die unser Sein behauptet.

Warum sollte Sarah sich an einen Halbbruder erinnern, der auf ihrer Mutter kniete und auf sie einstach? Warum an das Blut, das aus der Halsschlagader ihrer Mutter quoll? Warum an ihre Todesschreie? Warum an einen Vater, der die Pistole, die er immer bei sich trug, nicht zog, um seinen Sohn zu erschießen, bevor er die Stiefmutter töten konnte?

Ich bewundere Sarah für ihre Entscheidung, sich nicht zu erinnern. Ich bewundere sie für ihren Entschluss zu leben.

Margit Schreiner bei Schöffling & Co.

Die Tiere von Paris
Roman
Mit einer Beilage: Daniela Strigl,
Die Zehn Gebote der Margit Schreiner
192 Seiten. Gebunden.
ISBN 978-3-89561-279-4

»Ein Buch, das einem den Atem stocken lässt.«
Karl-Markus Gauß, Neue Zürcher Zeitung

Schreibt Thomas Bernhard Frauenliteratur?
Über Literatur, das Leben und andere Täuschungen
320 Seiten. Gebunden.
ISBN 978-3-89561-278-7

»Ausgestattet mit einem scharfen Verstand und einer prächtig entwickelten Selbstironie, geht es Schreiner zugleich radikal und doch geradezu humorvoll mit dem Blick für die richtigen Dimensionen der Dinge und Konflikte an.«
Karl-Markus Gauss, Neue Zürcher Zeitung

Buch der Enttäuschungen
176 Seiten. Gebunden.
ISBN 978-3-89561-276-3

»Richtig gut und klug und mit sehr viel Ironie geschrieben. Ein wunderbares Buch.«
Elke Heidenreich in LESEN!

Margit Schreiner bei Schöffling & Co.

Haus, Friedens, Bruch.
248 Seiten. Gebunden.
ISBN 978-3-89561-277-0

»*Haus, Friedens, Bruch.* kommt so harmlos beiläufig daher und fährt dem Leser immer wieder in die Magengrube. Margit Schreiner ist eine radikale Autorin, nicht in der Form, aber im Inhalt. Sie operiert mit Rasanz und schneidender Ehrlichkeit, sie bohrt in Wunden, bis es weh tut.«
Daniela Strigl, Frankfurter Allgemeine Zeitung

Die Eskimorolle
Roman in Geschichten
192 Seiten. Gebunden.
ISBN 978-3-89561-275-6

»Schreiner hat einen eigenen Ton gefunden und ein Erzählmodell, das an die erinnerten Alltagssplitter mit ironischer Distanz – im Wissen um die Überlagerung von realen Erinnerungen mit Bildern aus dem Fotoalbum – und einem Vergrößerungsglas herangeht. Ihre Leichtigkeit lässt fast übersehen, wie durchkomponiert ihre Texte sind.«
Evelyne Polt-Heinzl, Die Presse

Margit Schreiner bei Schöffling & Co.

Nackte Väter
Roman
148 Seiten. Gebunden.
ISBN 978-3-89561-274-9

»Wer sich auf Margit Schreiners kurzen Roman vom langen Abschied einlässt, den lässt er nicht mehr los.«
Wolfgang Werth, Süddeutsche Zeitung

Heißt lieben
152 Seiten. Gebunden.
ISBN 978-3-89561-273-2

»Margit Schreiner ist Spezialistin für die Schrecken des Zwischenmenschlichen, für Liebes- und Hassgeschichten. *Heißt lieben* feiert und betrauert zugleich den Abschied von den Müttern. Der schonungslose Blick und die klare Sprache der Autorin machen die Lektüre zum Vergnügen. Nachdenklichkeit nicht ausgeschlossen.«
Ulrich Weinzierl, Börsenblatt, Bestenliste

Margit Schreiner bei Schöffling & Co.

Mein erster Neger
Afrikanische Erinnerungen
Die Rosen des Heiligen Benedikt
Liebes- und Haßgeschichten
304 Seiten. Gebunden.
ISBN 978-3-89561-272-5

»Freunde der Literatur und der Geschichten, die das Sexualleben schreibt, müssten das Werk zu schätzen wissen. In leichter, trockener Prosa berichtet Margit Schreiner von menschlichen Absonderlichkeiten, die eben dort besonders zahlreich zu registrieren sind, wo Eros – der kleine dralle Gott – das Kommando hat. In hohem Maße geglückt.«
Ulrich Weinzierl, Frankfurter Allgemeine Zeitung

Haus, Frauen, Sex.
Roman
208 Seiten. Gebunden.
ISBN 978-3-89561-271-8

»Ein intelligentes Buch, sehr überzeugend, eine kunstvolle Sprache – ich finde die Autorin hoch beachtlich.«
Marcel Reich-Ranicki im LITERARISCHEN QUARTETT